Alfred Hitchcock
presents

TO KILL OR NOT TO KILL

Langues pour tous

Collection dirigée par Jean-Pierre Berman, Michel Marcheteau et Michel Savio

ANGLAIS Série bilingue

Niveaux : ❑ facile ❑❑ moyen ❑❑❑ avancé

Littérature anglaise et irlandaise

- **Carroll (Lewis)** ❑
  Alice au pays des merveilles
- **Cleland (John)** ❑❑❑
  Fanny Hill
- **Conan Doyle** ❑
  Nouvelles (6 volumes)
- **Dickens (Charles)** ❑❑
  David Copperfield
  Un conte de Noël
- **Fleming (Ian)** ❑❑
  James Bond en embuscade
- **Greene (Graham)** ❑❑
  Nouvelles
- **Jerome K. Jerome** ❑❑
  Trois hommes dans un bateau
- **Kinsella (Sophie), Weisberger (Lauren)**
  Love and the City ❑
- **Kipling (Rudyard)** ❑
  Le livre de la jungle (extraits)
- **Mansfield (Katherine)** ❑❑❑
  Nouvelles
- **Masterton (Graham)** ❑❑
  Nouvelles
- **Maugham (Somerset)** ❑
  Nouvelles brèves
- **McCall Smith (Alexander)**
  Contes africains ❑
- **Stevenson (Robert Louis)** ❑❑
  L'étrange cas du Dr Jekyll et de Mr Hyde
- **Wilde (Oscar)**
  Nouvelles ❑
  Il importe d'être constant ❑
- **Woodhouse (P.G.)**
  Jeeves, occupez-vous de ça ! ❑❑

Ouvrages thématiques

- **L'humour anglo-saxon** ❑
- **Science fiction** ❑❑
- **300 blagues britanniques et américaines** ❑❑

Littérature américaine

- **Bradbury (Ray)** ❑❑
  Nouvelles
- **Chandler (Raymond)** ❑❑
  Les ennuis c'est mon problème
- **Hammett (Dashiell)** ❑❑
  Meurtres à Chinatown
- **Highsmith (Patricia)** ❑❑
  Crimes presque parfaits
- **Hitchcock (Alfred)** ❑❑
  Voulez-vous tuer avec moi ?
- **King (Stephen)** ❑❑
  Nouvelles
- **James (Henry)** ❑❑❑
  Le tour d'écrou
- **London (Jack)** ❑❑
  Histoires du grand Nord
  Contes des mers du Sud
- **Fitzgerald (Scott)**
  Un diamant gros comme le Ritz ❑❑
  L'étrange histoire de Benjamin Button ❑

Anthologies

- **Nouvelles US/GB** ❑❑ **(2 vol.)**
- **Les grands maîtres du fantastique** ❑❑
- **Nouvelles américaines classiques** ❑❑
- **Nouvelles anglaises classiques** ❑❑
- **Ghost Stories – Histoires de fantômes** ❑❑
- **Histoires diaboliques** ❑❑

Autres langues disponibles dans les séries de la collection
Langues pour tous

ALLEMAND · AMÉRICAIN · ARABE · CHINOIS · ESPAGNOL · FRANÇAIS · GREC · HÉBREU
ITALIEN · JAPONAIS · LATIN · NÉERLANDAIS · OCCITAN · POLONAIS · PORTUGAIS
RUSSE · TCHÈQUE · TURC · VIETNAMIEN

ALFRED HITCHCOCK PRESENTS

TO KILL OR NOT TO KILL

PATRICK QUENTIN

This Will Kill You

Cette fois, ton compte est bon

*

ROBERT BLOCH

A Home Away From Home

Une maison bien accueillante

Traduction et notes

par

Michel Marcheteau

Agrégé d'anglais

POCKET

Michel Marcheteau, agrégé d'anglais, est auteur de plusieurs ouvrages d'anglais commercial et économique et de méthodes audio-orales.

Il s'intéresse tout particulièrement à la diffusion des langues dans le grand public.

Il est également musicien de jazz, et à ce titre citoyen d'honneur de la Nouvelle-Orléans.

Il est, avec J.P.Berman et Michel Savio, co-directeur de la collection LANGUES POUR TOUS.

ISBN : 978-2-266-21554-1

Sommaire

Prononciation

Sons voyelles

[ɪ] **pit**, un peu comme le *i* de *site*

[æ] **flat**, un peu comme le *a* de *patte*

[ɒ] ou [ɔ] **not**, un peu comme le *o* de *botte*

[ʊ] ou [u] **put**, un peu comme le *ou* de *coup*

[e] **lend**, un peu comme le *è* de *très*

[ʌ] **but**, entre le *a* de *patte* et le *eu* de *neuf*

[ə] jamais accentué, un peu comme le *e* de *le*

Voyelles longues

[iː] **meet** [miːt], cf. *i* de *mie*

[ɑː] **farm** [fɑːrm], cf. *a* de *larme*

[ɔː] **board** [bɔːʳd], cf. *o* de *gorge*

[uː] **cool** [kuːl], cf. *ou* de *mou*

[ɜː] ou [əː] **firm** [fəːʳm], cf. *eu* de *peur*

Semi-voyelle

[j] **due**, [djuː], un peu comme *diou*...

Diphtongues (voyelles doubles)

[aɪ] **my** [maɪ], cf. *aïe !*

[ɔɪ] **boy** [bɔɪ], cf. *oyez !*

[eɪ] **blame** [bleɪm], cf. *eille* dans *bouteille*

[aʊ] **now** [naʊ], cf. *aou* dans *caoutchouc*

[əʊ] ou [əu] **no** [nəʊ], cf. *e + ou*

[ɪə] **here** [hɪəʳ], cf. *i + e*

[ɛə] **dare** [dɛəʳ], cf. *é + e*

[ʊə] ou [uə] **tour**, [tʊəʳ], cf. *ou + e*

Consonnes

[θ] **thin** [θɪn], cf. *s* sifflé (langue entre les dents)

[ð] **that** [ðæt], cf. *z* zézayé (langue entre les dents)

[ʃ] **she** [ʃiː], cf. *ch* de *chute*

[ŋ] **bring** [brɪŋ], cf. *ng* dans *ping-pong*

[ʒ] **measure** ['meʒəʳ], cf. le *j* de *jeu*

[h] le *h* se prononce ; il est nettement expiré

Accentuation

ˈ – accent unique ou principal, comme dans MOTHER ['mʌðəʳ]

ˌ – accent secondaire, comme dans PHOTOGRAPHIC [ˌfəutɔ'græfɪk]

ʳ indique que le **r**, normalement muet, est prononcé en liaison ou en américain

Comment utiliser la série « Bilingue »

Cet ouvrage de la série « Bilingue » permet au lecteur :

• d'avoir accès aux versions originales de nouvelles célèbres en anglais, et d'en apprécier, dans les détails, la forme et le fond ;

• d'améliorer sa connaissance de l'anglais, en particulier dans le domaine du vocabulaire dont l'acquisition est facilitée par l'intérêt même du récit, et le fait que mots et expressions apparaissent en situation dans un contexte, ce qui aide à bien cerner leur sens.

Cette série constitue donc une véritable méthode d'auto-enseignement, dont le contenu est le suivant :

• page de gauche, le texte anglais ;

• page de droite, la traduction française ;

• bas des pages de gauche et de droite, une série de notes explicatives (vocabulaire, grammaire, etc.).

Les notes de bas de page aident le lecteur à distinguer les mots et expressions idiomatiques d'un usage courant, et qu'il lui faut mémoriser, de ce qui peut être trop exclusivement lié aux événements et à l'art de l'auteur.

Il est conseillé au lecteur de lire d'abord l'anglais, de se reporter aux notes et de ne passer qu'ensuite à la traduction ; sauf, bien entendu, s'il éprouve de trop grandes difficultés à suivre le récit dans ses détails, auquel cas il lui faut se concentrer davantage sur la traduction, pour revenir finalement au texte anglais, en s'assurant bien qu'il en a maintenant maîtrisé le sens.

Bibliographie (une sélection)

A. CRITIQUES FRANÇAIS

Bourdon (Laurent) : *Dictionnaire Hitchcock* (Larousse, 1051 p., 2007)

Chabrol (Claude), Rohmer (Eric) : *Hitchcock* (Ramsay, 173 p., 2006)

Douchet (Jean) : *Hitchcock* (L'Herne, 277 p., 1985)

Montcoffe (Francis) : « *Fenêtre sur cour* », Étude critique (Nathan, 127 p., 1995)

Truffaut (François) : *Le cinéma selon Hitchcock* (Robert Laffont, 260 p., 1966 ; rééd. *Hitchcock/Truffaut*, Ramsay, Poche, 311 p., 1985)

B. CRITIQUES ANGLO-SAXONS

Hunter (Evan = Ed McBain) : *Hitch et moi* (Ramsay, 2006)

Krohn (Bill) : *Hitchcock au travail* (Les Cahiers du Cinéma, 287 p., 2009)

Leff (Leonard J.) : *Hitchcock et Selznick. La riche collaboration entre Alfred Hitchcock et David O. Selznick à Hollywood* (Ramsay, 264 p., 1990)

McGilligan (Patrick) : Alfred Hitchcock : *Une vie d'ombre et de lumière* (Actes Sud, 2011)

Spoto (Donald) : *La face cachée d'un génie : La vraie vie d'Alfred Hitchcock* (Albin Michel, 615 p., 1989)

Introduction

Les nouvelles qui suivent, sélectionnées par Alfred Hitchcock, sont dans l'esprit des scénari du maître du suspense.

On y retrouve le goût pour la psychologie et la psychiatrie qui constitue une des dominantes de l'œuvre du cinéaste, ainsi que ces retournements de situation qu'il affectionnait. Sans oublier l'humour macabre de celui qui déclarait : « il parait qu'il se commet un crime toutes les minutes. Aussi ne vous retiendrai-je pas plus longtemps : je sais qu'il vous tarde de reprendre votre travail... »

Souhaitons aussi bon travail dans un tout autre domaine – aux lecteurs désireux d'améliorer leur anglais, qui trouveront dans ce volume un outil efficace grâce à une langue concrète et idiomatique.

Patrick Quentin

This Will Kill You

Cette fois, ton compte est bon

Harry Lund lay[1] in the bathtub. Above him two pairs of his wife's nylons dangled[2] wetly on the rail which supported the shabby[3] grey-white shower curtain. He could hear[4] Norma preparing Sunday[5] breakfast in the kitchen downstairs.

After twenty-one years of marriage[6] Norma's morning noises were so familiar to him that they brought exact visual pictures. He could see the inevitable cigarette dangling from her mouth while she squeezed oranges on the cluttered[7] enamel table. Norma never dressed on Sunday mornings[8]. He could see her thin body, draped in the old pink quilted[9] robe, bustling[10] about the kitchen.

Every day, Harry Lund's aversion to his wife began a fresh attack on his nerves during those moments in the tub[11]. He was a lazy man. He liked his comfort. He liked lolling[12] in warm[13] water, relaxing before the effort[14] of a day at the drugstore[15], or, better still, relaxing with the knowledge of a long, indolent Sunday ahead. But he could hardly remember a time when he hadn't lain there in the steamy, cramped bathroom taut with hatred.

It was strange, then, to find himself on this particular Sunday morning lying in the same tub, hearing the same kitchen noises, and yet completely free of hate. In fact, the sounds downstairs were almost exhilarating.

---

1. **lay** : **to lie, lay, lain**, *être allongé, posé, placé ; s'allonger, être étendu.*

2. **to dangle** : *prendre, pendiller, (se) balancer.* **To dangle something before someone**, *faire miroiter quelque chose à quelqu'un.*

3. **shabby** : *miteux, mal tenu ; usé, en mauvais état ; mesquin.*

4. **he could hear** ; notez l'utilisation de **can**, souvent automatique devant les verbes de perception.

5. **Sunday** : en anglais, les noms de jours et de mois prennent une majuscule.

6. **marriage** : la cérémonie elle-même se dit **wedding**.

7. **to clutter** : *encombrer. Cf.* **a clutter**, *un fouillis, une pagaille.*

8. **Sunday** : notez le pluriel, il s'agit du dimanche en général.

Harry Lund était étendu dans sa baignoire. Au-dessus de lui, deux paires de bas nylon humides appartenant à sa femme pendaient de la tringle qui soutenait le rideau de douche usé, d'un blanc grisâtre. Il entendait Norma préparer le déjeuner du dimanche matin, en bas dans la cuisine.

Après vingt et un ans de mariage, les bruits matinaux que faisait Norma lui étaient si familiers qu'ils évoquaient des images précises. Il voyait l'inévitable cigarette pendant au coin de sa bouche pendant qu'elle pressait des oranges sur la table vernie, tout encombrée. Norma ne s'habillait jamais le dimanche matin. Il voyait son corps maigre drapé dans la vieille robe de chambre rose molletonnée, alors qu'elle s'activait dans la cuisine.

Chaque matin l'aversion de Harry Lund pour sa femme soumettait ses nerfs à une nouvelle épreuve pendant qu'il prenait son bain. Il était paresseux, il aimait son confort. Il aimait se prélasser dans l'eau tiède, se détendant dans les efforts de sa journée de travail à la pharmacie, ou mieux encore, en sachant qu'il avait devant lui un long dimanche d'oisiveté. Mais il ne pouvait guère se souvenir avoir jamais été étendu là, dans la buée de cette salle de bain étroite, sans être tendu par la haine. Etrange, donc, de ce trouver ce dimanche-là dans la même baignoire, entendant les même bruits en provenance de la cuisine, et pourtant sans le moindre sentiment de haine. En fait, les bruits venant de la cuisine le réjouissaient presque.

---

9. **quilted** : *matelassé, ouatiné, capitonné.* **A quilt**, *un édredon, une couette.*

10. **to bustle** : *s'affairer, s'agiter.*

11. **tub** : *cuve, baquet, bac, baignoire.*

12. **to loll** : *se prélasser* ; **to loll about/around**, *fainéanter, flâner.*

13. **warm** : intermédiaire entre *tiède* et *chaud*. **Hot water** indique une eau vraiment chaude.

14. **effort** : attention à la prononciation : ['efə^{r}t].

15. **drugstore** ou **drug-store**, (US) *pharmacie,* qui vend aussi des produits de beauté, des articles scolaires, des magazines, des rafraîchissements, etc. Formé sur **drug**, *médicament*, et **store** , *magasin.*

Even the mental image of his wife's sharp, too-intelligent face with its critical black eyes and short graying hair brought no distaste.

This change[1] of attitude was caused by the fact that he knew now that Norma would not be with him much longer.

He knew this because last night he had decided exactly how and when he was going to kill her.

The thought of murder, flirted[2] with at first and finally embraced as a lover, had lived with him so long[3] that now it had become an old friend. In consequence, he felt no awe[4] at what he had planned to do. No guilt, either. He had let himself forget[5] the shabby[6] motives which had made him lay siege to the plain[7], enterprising girl who had graduated[8] with him from Pharmacy School and to whom he had never been really attracted. He had forgotten how convenient it had seemed at the time[9] to have for a wife a fully trained[10] pharmacist. He had even forgotten the attractions of her[11] little inheritance which, combined with his, had been sufficient to buy a drugstore and launch his career. He had never admitted that it had been due[12] to her drive and slogging[13] hard work that this career had reached a modest success.

He only knew that he, the handsome[14] Harry Lund, was a figure of tragic[15] suffering chained to a woman whom[16] he could never divorce.

---

1. **change** : attention à la prononciation : le **a** est prononcé [eɪ] comme dans l'anglais **table**.

2. **to flirt with an idea/a thought** : *caresser une idée, une pensée, un projet.*

3. m. à m. *vivait avec lui depuis si longtemps.*

4. **awe** : *crainte, terreur, effroi mêlé de respect* ou *d'admiration.*

5. m. à m. *il s'était laissé oublier.*

6. **shabby** : 1. *minable, pauvre.* 2. (vêtements) *râpé, usé, élimé.* 3. *mesquin, méprisable.*

7. **plain** : 1. *clair, évident, simple.* 2. (personne) *sans attrait particulier, quelconque, ordinaire, ingrat.*

8. **to graduate** : *passer* (avec succès), *obtenir un diplôme.* **A graduate**, *un(e) diplômé(e).* **Graduate studies**, *études de 3e cycle.*

Même l'image de sa femme telle qu'il la voyait en pensée, avec son visage anguleux, trop intelligent, avec ses yeux noirs inquisiteurs et ses cheveux grisonnants coupés courts, n'éveillait pas son aversion.

Ce changement d'attitude venait de ce qu'il savait maintenant que Norma n'était plus avec lui pour longtemps.

Il le savait parce que la nuit précédente il avait décidé précisément comment et quand il allait la tuer.

L'idée du meurtre, d'abord esquissée, et finalement caressée avec passion, faisait partie de sa vie depuis si longtemps qu'elle était maintenant tout à fait familière. Aussi ne ressentait-il aucune terreur à l'idée de ce qu'il allait entreprendre. Ni aucun remords. Il avait effacé de son esprit le siège de cette jeune fille énergique, au physique quelconque, diplômée de l'école de pharmacie en même temps que lui, et vers qui il n'avait jamais été vraiment attiré. Il avait oublié combien il lui avait semblé pratique à l'époque d'avoir pour épouse une pharmacienne diplômée. Il ne se souvenait même plus de l'attrait du petit héritage de Norma, lequel, s'ajoutant au sien, lui avait permis d'acheter une pharmacie et de se lancer dans la carrière. Il n'avait jamais voulu admettre que c'était à l'énergie et au travail opiniâtre de sa femme qu'il devait sa modeste réussite. Il savait seulement que lui, le séduisant Harry Lund, était un martyr pathétique enchaîné à une femme qui n'avait jamais su l'apprécier et dont il ne pouvait divorcer.

---

9. **at the time**, équivalent de **at that time**, renvoie toujours au passé ; à distinguer de **at the present time**.

10. **to train** : *entraîner, former,* (animal) *dresser.*

11. **her** : la traduction par « *son* » serait ambiguë en français.

12. m. à m. *que cela avait été dû.*

13. **to slog** : *travailler très dur, comme un romain* (et sans facilité particulière).

14. **handsome** : *élégant ; beau ;* (somme d'argent) *coquet(te), joli(e), considérable.*

15. m. à m. *personnage symbolisant la souffrance tragique.*

16. **whom** : cas complément de **who.** Cette forme est de moins en moins fréquente en anglais moderne, et souvent remplacée par « **that** ».

Because he couldn't divorce her. Half the drug-store was her property. Even if he could scrape up enough money to pay her off[2], she would never sell. He knew that. The store was Norma's whole[3] life and she clung[4] tenaciously to what she wanted[5].

Having endured so much, then, he viewed[6] murder, this final gesture of rebellion, as almost heroic, certainly as courageous and manly[7].

And the courage would never have come if it hadn't been for Frances. He realized that. It had been that chance[8], wonderful meeting with Frances on the bus[9] which had released[10] the true, virile Harry Lund from convention's slavery. Frances was young, dainty[11], submissive, everything that Norma wasn't. Frances was the type of girl that Harry Lund had deserved from life. And he was almost sure, if he played his cards right, he could get her.

A pleasurable tingle shivered[12] his thickening[13] body when he thought of Frances.

His plans were without flaw[14]. He had gone over and over them in his mind[15], simplifying, like an artist. From the beginning he had rejected drugs[16] as too dangerous for a pharmacist. There were other ways.

"Harry!" Norma's voice, perpetually husky[17] from a smoker's cough[18], rasped[19] up the stairs.

---

1. **to scrape** : *gratter, racler, érafler, égratigner.* **To scrape up** : *économiser, épargner, amasser* (avec difficulté).

2. **to pay off** : 1. *rembourser, s'acquitter d'une dette, désintéresser.* 2. *être payant, rentable.*

3. **whole** : *entier* ; attention à la prononciation : [həʊl], comme **hole** (*trou*) ; le **h** initial n'est pas prononcé.

4. **to cling, clung, clung** : *se cramponner, s'accrocher, se raccrocher.*

5. m. à m. : *elle s'accrochait avec ténacité à ce qu'elle voulait.*

6. **to view** : 1. *voir, regarder, examiner.* 2. *considérer, envisage.*

7. **manly** : *viril,* (voix, etc.) *mâle.*

8. **chance** : *hasard, chance* (au sens de probabilité). Ne pas confondre avec **luck**, *chance*, au sens de *veine.*

9. **on the bus** : notez l'emploie de la préposition « **on** » : **to get on the bus, off the bus**, *montrer dans un bus/car, descendre d'un bus/car.*

Car le divorce était hors de question. Elle possédait la moitié de la pharmacie. Même s'il parvenait à rassembler la somme nécessaire pour lui racheter sa part, elle ne vendrait jamais. Il le savait. La boutique était toute la vie de Norma, et quand elle voulait quelque chose, elle s'y accrochait obstinément.

Après avoir tant enduré, le meurtre, cet acte de révolte ultime, lui semblait presque héroïque, et en tous cas courageux et viril.

Et ce courage ne lui serait jamais venu s'il n'y avait eu Frances. Il en était conscient. C'avait été cette merveilleuse rencontre fortuite avec Frances dans l'autobus qui avait, chez Harry Lund, affranchi le mâle authentique de l'esclavage des conventions. Frances était jeune, délicate, soumise, tout le contraire de Norma. Frances était le genre de femme qu'Harry Lund méritait de la vie. Et il était presque sûr qu'en jouant la bonne carte, il pourrait la conquérir.

A la pensée de Frances un frisson délicieux parcourut son corps guetté par l'embonpoint. Son plan était sans faille. Il l'avait passé en revue, le simplifiant, et l'améliorant, en véritable artiste. D'emblée il avait exclu le poison, trop dangereux pour un pharmacien.

— Harry !

La voix rauque de Norma, perpétuellement enroué par la toux du fumeur, lui parvient depuis l'escalier.

---

10. **to release** : 1. *libérer, relâcher.* 2. *mettre en vente, faire paraître,* (film, etc.) *sortir.*

11. **dainty** : *délicat,* (mets, etc.) *de choix.*

12. **to shiver** : *frissonner, tressaillir, trembler* (de peur, de froid).

13. **to thicken** : *épaissir ; s'épaissir, grossir* ; formé sur l'adjectif **thick**, *épais.*

14. **flaw** : *défaut, faille.*

15. m. à m. *dans son esprit, dans sa tête.*

16. **drug** : 1. *remède, médicament.* 2. *drogue.*

17. **husky** : (voix) *rauque, enroué, voilé.*

18. **cough** : prononciation [kɒf].

19. **to rasp** : *grincer, crisser, râper.*

"Coming, dear". He was surprised at[1] the cordial, almost saccharine[2] tone of his own voice. He must[3] be careful about that[4]. He lumbered[5] to his feet, water streaming off him. More crossly[6], more convincingly, he added: "Hold your horse, can't you?"[7]

As he dried himself, he studied his reflected body in the steam-stained[8] mirror. Not bad for a man of forty-five. Bit of a paunch[9], maybe. But a gymnasium would soon fix that up. He concentrated on his face. Harry Lund had always been pleased with his face. Good teeth. Distinguished little mustache. Plenty of hair. Strong eyebrows over eyes that looked straight back at you.

Frances had remarked[10] on his eyes only last week when he had snatched[11] a few hours with her in a restaurant half-way between the city and the outlying suburb where she worked as librarian[12].

"It was your[13] eyes I liked first. I noticed them right away when you picked up my books in the bus. They're so sincere."

A tiny chill[14] of apprehension came. What would Frances think if she knew he was a married man? How fortunate[15] that, on an adventurous whim[16], he had introduced himself under an assumed name. Frances was as trusting as she was innocent. She believed his story that he was a widowed[17] salesman[18] from upstate. She would go on believing him.

---

1. **surprised at ; at** est souvent utilisé pour introduire le complément après un verbe indiquant la surprise : **amazed/astonished at...** De même pour **to wonder at something**, *s'étonner de quelque chose* ; **to marvel at something**, *s'émerveiller de quelque chose.*

2. **saccharine** : 1. *sacchariné.* 2. *mielleux, doucereux.*

3. **must**, bien que le plus souvent remplacé par **had to,** le prétérite de **must (must)** s'emploie parfois, surtout en langue écrite.

4. m. à m. *à propos de cela, à ce sujet.*

5. **to lumber** : 1. *encombrer.* 2. *entamer.* 3. *se mouvoir lourdement.* **lumber** n. = 1. *bois de charpente.* 2. *bric à brac.*

6. **crossly** : adverbe formé sur l'adjectif **cross**, *de mauvaise humeur, en colère.*

7. m. à m. *retiens tes chevaux, ne peux-tu ?*

8. **stem-stained** : m. à m. *taché par la vapeur.*

9. **paunch** : *ventre, panse, bedaine.*

— J'arrive, ma chérie !

Il fut surpris par le ton chaleureux, presque suave, de sa propre voix. Il fallait qu'il fasse attention à ne pas en faire trop. Il se leva lourdement, ruisselant d'eau. D'un ton plus revêche, plus convaincant, il ajouta :

— Y a pas le feu, hein ?

Tout en se séchant, il étudia son reflet dans le miroir embué. Pas mal pour un homme de 45 ans. Un peu d'estomac peut-être. Mais le gymnase arrangerait vite ça. Il se concentra sur son visage. Harry Lund avait toujours été satisfait de son propre visage. De belles dents. Une petite moustache distinguée. Une chevelure abondante. Des sourcils fermement dessinés au-dessus d'yeux qui vous regardaient bien en face.

Frances avait fait une remarque sur ses yeux pas plus tard que la semaine dernière, alors qu'il avait réussi à voler quelques heures avec elle dans un restaurant à mi-chemin de la ville et de la banlieue éloignée où elle travaillait comme bibliothécaire.

— Ce sont vos yeux que j'ai d'abord aimés. Je les ai tout de suite remarqués quand vous avez ramassé mes livres dans le bus. Ils sont si sincères.

Un léger frison de crainte le parcourut. Que penserait Frances si elle apprenait qu'il était marié ? Quelle chance que, sur une inspiration soudaine, il se soit présenté sous un faux nom. Elle était aussi confiante qu'elle était innocente. Elle l'avait cru quand il lui avait dit qu'il était veuf, représentant de commerce, et habitant le nord de l'État.

Elle continuerait à le croire.

---

10. **to remark** : *faire une remarque,* à distinguer de **to notice**, *remarquer* au sens de *voir.*

11. **to snatch** : *saisir, s'emparer de* (brusquement), *arracher.*

12. **librarian** : attention à ce faux ami. *Libraire* se dit **bookseller** et *librairie* **bookstore**.

13. **your** : selon le moment dans leur relation où cette phrase a été prononcée, on peut traduire par « *tes* » ou par « *vos* ».

14. **chill** : *fraîcheur, froid ; froideur. Cf.* **chilly**. 1. *frisquet.* 2. *frileux.*

15. **fortunate** : *chanceux, heureux, favorable, propice.*

16. **whim** : *caprice, fantaisie, lubie.*

17. **widowed** : *cf.* **a widow**, *une veuve,* **a widower**, *un veuf.*

18. **salesman** : dans un autre contexte, peut aussi signifier *vendeur* (dans un magasin)

After the thing[1] was over, he could sell the house, the store. He could take Frances away[2], start a new life.

She need never know[3].

"For Pete's sake[4]," called[5] Norma. "What are you doing up there? Admiring yourself in the mirror?"

"Coming," called Harry.

He smiled at his reflection so that he could see his firm[6] white teeth.

Neatly[7] dressed, he descended the stairs, thinking: *In a few hours how different everything will be*[8]. The thought[9] was so heady that he wanted to do something youthful, gay, whistle maybe, or slide down the banisters. He moved through the untidy little dining-room into the kitchen. Norma, in the old pink robe[10], was hunched[11] over frying eggs that hissed on the range. She turned, the cigarette drooping from her mouth, giving him that look of keen appraisal which always made him feel transparent.

"My, isn't he beautiful this morning? How about being useful, too, and getting on to those dishes?"

Last night they had not washed the supper dishes. Usually Harry resented the unmanliness of having to work at a sink, but that sunny winter morning it almost pleased him for, as he started to rinse plates, he could look through the window and actually see the place where It Was Going To Happen.

---

1. **the thing** : *la chose,* se réfère au meurtre de sa femme.

2. m. à m. *emmener Frances.*

3. **she need never know** : **she would never need to know**. Comme **must**, **need** a un prétérit irrégulier, **need**, à côté du régulier, **needed**, plus ordinairement utilisé.

4. **for Pete's sake** : *pour l'amour de Peter,* équivalent de **for God's sake**.

5. **to call** : *appeler, crier, se manifester par la voix.*

6. **firm** : *ferme, solide*. Donne ici l'idée de *dents saines, régulières, bien plantées.*

Lorsque tout serait fini, il pourrait vendre la maison, la boutique. Il pourrait partir d'ici avec Frances, commencer une vie nouvelle.

Pas besoin qu'elle apprenne jamais la vérité.

— Pour l'amour du ciel, cria Norma. Qu'est-ce que tu fabriques là-haut ? Tu t'admires dans la glace ?

— J'arrive, répondit Harry.

Il sourit à son reflet pour voir ses belles dents blanches.

Après s'être habillé avec soin, il descendit l'escalier en pensant : dans quelques heures tout aura changé. Cette pensée était si enivrante qu'il eut envie de faire quelque chose de jeune, de gai, de siffler, par exemple, ou de se laisser glisser sur la rampe. Il traversa la petite salle à manger en désordre pour aller à la cuisine. Norma, dans son vieux peignoir rose, était penchée au-dessus de la cuisinière sur laquelle elle faisait frire des œufs au plat. Elle se retourna, la cigarette au coin de la bouche, en le mesurant de ce regard pénétrant qui lui donnait toujours l'impression d'être transparent.

— Oh la là ! Monsieur s'est fait beau ce matin ! Que dirais-tu de te rendre utile, en plus, et de te mettre à la vaisselle ?

La veille, ils n'avaient pas lavé les plats après le dîner. D'habitude Harry trouvait humiliant de s'activer devant l'évier mais en cette matinée d'hiver ensoleillée, cela lui plaisait presque car, tout en commençant à rincer les assiettes, il pouvait regarder par la fenêtre et voir l'endroit exact ou Cela Allait Se Produire.

---

7. **neatly** : adverbe formé sur **neat** : 1. *soigné, propre, net, élégant.* 2. (whisky, etc.) *pur, sans eau.*

8. m. à m. *combien tout sera différent.*

9. **the thought** : avec son sens déterminatif, **the** est souvent employé à la place des démonstratifs **this** ou **that**.

10. robe : 1. *robe de cérémonie.* 2. *peignoir. Robe* se dit **dress**, **gown** ou **frock**.

11. **hunched** : *penché, monté ; cf.* **a hunchback**, *un bossu.*

The house was situated in a suburb, half developed[1] before the war and still raw[2] and unfinished, on top of a steep, barren[3] hill. The house was completely his own. He had bought it with money surprisingly bequeathed[4] by an obscure aunt. It was small, inconvenient, and he hated it. But real estate[5] brought large prices[6] these days. He would have no trouble in selling it for a profit.

As the dishes clattered[7], his study of the view outside[8] was almost covetous[9]. The snowfall of last week still clung to the landscape. It had frozen again during the night. He could just see the elbow[10] of the sharp S-bend where the road swerved[11] down the hillside to the city. Its surface was smooth[12] with ice. An almost sheer drop[13] slid[14] away to the right. Suicide bend, they called it. Every Sunday afternoon Norma took the car into town to visit with[15] her married sister. A skid on that curve would mean certain death. Especially if the brakes on the ancient sedan were not too good.

Harry Lund was sure that, this particular Sunday afternoon, the brakes would not be too good.

In his mind he was himself in becoming[16] black, palely acknowledging[17] the sympathy of the neighbors. "It's terrible... like losing my right hand... I'm going to sell everything... start again somewhere else."

He began to hum[18] under his breath[19] as he piled wet dishes into the rack[20].

---

1. **to develop** : 1. *développer.* 2. *aménager, mettre en valeur.* **Real-estate developer**, *promoteur immobilier.*

2. **raw** : *cru ; brut ; inexpérimenté.*

3. **barren** : *stérile.*

4. **to bequeath** : *léguer ; transmettre.*

5. **real estate** : biens immobiliers.

6. m. à m. *apportait des prix élevés.*

7. **to clatter** : *cliqueter, s'entrechoquer.*

8. m. à m. *son étude de la vue à l'extérieur.*

9. **covetous** : *de convoitise.* **To covet**, *convoiter.*

10. **elbow** : *coude.*

11. **to swerve** : *faire un écart, dévier,* (voiture) *faire une embardée,* (conducteur) *donner un coup de volant.*

12. **smooth** : *lisse.*

La maison était située dans une banlieue à moitié construite avant la guerre et encore partiellement occupée par des terrains vagues, en haut d'une colline abrupte et sans végétation. Il était entièrement propriétaire de la maison. Il l'avait achetée grâce à l'héritage-surprise d'une tante. Elle était petite, inconfortable, et il la détestait. Mais le prix de l'immobilier était élevé par les temps qui couraient. Il n'aurait pas de mal à la revendre avec bénéfice. Tout en empilant les assiettes, il étudiait le panorama avec une sorte d'avidité. La neige tombée la semaine précédente recouvrait toujours le paysage. Il avait gelé à nouveau au cours de la nuit. Il ne pouvait voir que la courbe extérieure du virage serré en S que faisait la route en descendant la colline vers la ville. Elle était recouverte de glace. A droite, c'était un à-pic presque vertigineux. « Le virage du Suicide », disaient les gens. Tous les dimanches après-midi Norma allait en ville en voiture pour rendre visite à sa sœur, qui était mariée. Un dérapage dans ce virage signifierait une mort certaine. Surtout si les freins de l'antique conduite intérieure n'étaient pas trop bons.

Harry Lund était certain que, ce dimanche après-midi, les freins ne seraient pas trop bons.

Il se voyait déjà, vêtu de noir comme il convenait, recevant, très pâle, les condoléances des voisins.

— C'est abominable... comme si j'avais perdu la main droite... Je vais tout vendre... refaire ma vie ailleurs.

Il se mit à fredonner tout bas en empilant les assiettes humides sur l'égouttoir.

---

13. **sheer drop** : **sheer** signifie 1. *pur, absolu, pur et simple.* 2. *abrupt;* **a drop** : *une dénivellation, un à-pic.*

14. **to slide, slid, slid** : *glisser.*

15. **to visit with someone** : *passer voir quelqu'un.*

16. **becoming** : il s'agit ici de l'adjectif qui signifie *bienséant, convenable. Cf.* **it become you very well**, *cela vous va très bien.*

17. **to acknowledge** (attention, le **c** est prononcé) : 1. *reconnaître, admettre, confesser.* 2. *manifester sa gratitude.* **To acknowledge a gift**, *remercier d'un cadeau.* **To acknowledge receipt**, *accuser réception.*

18. **under his breath** : *à voix basse, tout bas.* **Breath** : *respiration, souffle, haleine.*

19. **to hum** : 1. *bourdonner.* 2. *chantonner, fredonner.*

20. **rack** : *râtelier; casier, bac; porte-bagages; égouttoir.*

"Listen to him," commented Norma. "Humming. So handsome, so happy this morning. What's happened[1]? Found[2] yourself a beautiful girl friend?"

She laughed her hoarse[3] laugh that was half a cough[4]. There was sarcasm in the laugh, letting him know that she realized how improbable it was that any girl could be interested in a man of his age. An edge[5] of the old hatred pushed up[6]. Norma slammed[7] a plate of fried eggs[8] on the table.

"Come and get it[9], Don Juan. I guess[10] someone has to feed that body beautiful[11]."

He left the sink and sat down obediently. She sat down opposite him, still smoking, stabbing[12] at her eggs with a fork. She got up again for a house organ[13] issued by some pharmaceutical firm and read while she ate. Norma studied all the new drug literature[14] and, since she had written a couple of articles for *The Pestle and Mortar*[15], never tired of implying how little he did to keep up with[16] modern medicine.

That was another reason...

Harry Lund's hand was trembling slightly as he lifted his coffee cup. It wasn't fear. It was excitement.

After they had cleaned up the kitchen, Norma settled in the living-room with her house organ. Under the pretence of chopping[17] wood, Harry slipped[18] out to the garage. He had a knack[19] for tinkering with the car and enjoyed it.

---

1. m. à m. *Que s'est-il passé ?*

2. **found** : suppression du sujet (**you**) ; Norma parle une langue familière, et fait preuve à la fois de raillerie et d'agressivité.

3. **hoarse** : *enroué.* **She shouted himself hoarse**, *elle s'est enroué à force de crier.*

4. **half a cough** : m. à m. *une demi-toux.* Attention à la prononciation de **cough** [kɒf].

5. **edge** : 1. *bord, côté.* 2. *tranchant, lame.* 3. *avantage.* 4. *tension, énervement.* **To be on edge**, *être à l'écran, avoir les nerfs en boule.*

6. **to push up** mot à mot *pousser vers le haut.* A souvent le sens d'*augmenter.*

7. **to slam** : (porte) *claquer, fermer violemment ; jeter, flanquer.*

8. **fried eggs** : *œufs sur le plat*

9. m. à m. *viens le(s) chercher/prendre.*

10. m. à m. *je pense que quelqu'un doit...* **To guess** : *deviner.*

— Écoutez-le, commenta Norma. On chantonne. Qu'on est beau, qu'on est heureux ce matin. Qu'est-ce qui t'arrive ? Tu t'est trouvé une gentille petite ?

Elle rit de son rire rauque qui ressemblait à une toux. Elle y mettait du sarcasme, lui laissant entendre qu'elle se rendait compte combien il était improbable qu'une jeune fille s'intéresse à un homme de son âge. Quelque chose de la haine qui couvait en lui se raviva. Norma déposa brutalement sur la table le plat qui contenait les œufs.

— Viens déjeuner, Don Juan. Il faut bien que quelqu'un nourrisse ce corps splendide.

Il s'écarta de l'évier pour s'asseoir docilement. Elle s'assit en face de lui, sans cesser de fumer, attaquant ses œufs avec sa fourchette. Elle se releva pour aller prendre une revue éditée par une entreprise pharmaceutique et se mit à lire tout en mangeant. Norma étudiait tout ce qui se publiait sur les nouveaux médicaments et, depuis qu'elle avait écrit deux ou trois articles pour *Pilon et Mortier*, ne manquait jamais de souligner le peu d'efforts faits par Harry pour suivre l'évolution de la médecine.

Une raison de plus...

La main de Harry Lund tremblait légèrement quand il souleva sa tasse de café. Pas de peur. D'excitation.

Après qu'ils eurent nettoyé la cuisine, Norma s'installa au salon avec sa revue. Sous le prétexte d'aller casser du bois, Harry se rendit dans le garage. Il s'y connaissait pour bricoler la voiture, et il y prenait plaisir.

---

11. **body beautiful** : l'adjectif après le nom magnifie le **beautiful** et accentue le sarcasme.
12. **to stab** : *frapper d'un coup de couteau, planter* (arme blanche), *transpercer.* **To stab to death**, *poignarder à mort.*
13. **house organ** : *revue professionnelle.* **House** signifie ici *de la maison* au sens de *de l'entreprise.*
14. **literature** : attention à l'orthographe, un seul **t** en anglais.
15. ***The Pestle and Mortar*** : allusion à la fabrication des médicaments à l'origine des techniques pharmaceutiques.
16. **to keep up with** : *rester au niveau de, se tenir au courant de.*
17. **to chop** : *couper, hacher.*
18. **to slip** : *glisser, se glisser, se faufiler, s'esquiver.*
19. **knack** : *tour de main, don, « truc ».*

He kept an old pair of denim[1] overalls[2] in the garage. He put them on and wormed his way[3] under the car's decrepit chassis. It took very little time to file the brake cable almost through[4]. One violent application of the pedal would snap[5] it. Almost certainly. And he knew Norma's driving as well as him own – and the road. There was no need for brakes until the corner before Suicide Bend and there Norma always jammed[6] them full on.

He took off his overalls, washed his hands in icy water from the faucet[7], picket up an armful of logs from the woodpile, and went back to the house.

Norma watched him from black, alert eyes over her magazine. "Domestic, too. All the virtues this morning".

He crossed to the fireplace and stooped to lay down the logs. Behind him Norma's voice came:

"The roads are terrible[8], aren't they? Think I should skip[9] Ella?"

One of the logs clattered[10] to the floor. He said with an evenness[11] that made him proud of himself: "She'll be expecting you, won't she? You can't get in touch with her by phone. If you don't show up, she'll be afraid you've had an accident."

"I guess[12] you're right." Norma laughed again, facetiously. "I might as well[13] go, anyway. It'll give you a chance to sneak[14] in a date with your new girl friend..."

---

1. **denim** : *toile dont sont faits les jeans.* Tissus venant à l'origine de Nîmes.

2. **overalls** : *salopette, combinaison, bleu(s) de travail.*

3. **wormed his way** : **to worm oneself**, *se mouvoir à plat ventre, en rampant ; s'immiscer, s'insinuer. Cf.* **to elbow one's way**, *se frayer un chemin à coups de coude,* **to fight one's way**, *se frayer un passage, etc.*

4. **through** : *jusqu'au bout, sur toute l'épaisseur.*

5. **to snap** : *se casser net ; claquer, émettre un bruit sec.* **To snap one's fingers**, *claquer des doigts.*

6. **to jam** : 1. *serrer, écraser.* 2. *coincer, enrayer, fausser.* 3. *encombrer.*

7. **faucet** : **tap** en anglais britannique.

8. **terrible** : *terrible* au sens *d'affreux, abominable, épouvantable, atroce.* Ne pas confondre avec **terrific**, *terrible* au sens de *formidable.* On voit les différences entre **a terrible evening** et **a terrific evening** !

Il laissait une vieille salopette dans le garage. Il l'enfila et se glissa sous le châssis décrépi de la voiture. Il lui fallut très peu de temps pour limer le câble de frein jusqu'à le sectionner presque entièrement. Un violent coup de pédale le ferait se rompre. Presque à coup sûr. Et il connaissait la façon de conduire de Norma aussi bien que la sienne, et la route. Il n'y avait pas besoin de freiner avant d'aborder le « virage du Suicide », où Norma appuyait toujours à fond sur le frein.

Il enleva sa salopette, se lava les mains à l'eau glacée du robinet, prit une brassée de bûches du tas de bois et regagna la maison.

Norma, par-dessus son magazine, l'observait de ses yeux noirs au regard vif.

— Homme d'intérieur, en plus. Il a toutes les vertus ce matin.

Il traversa la pièce pour aller à la cheminée et se pencha pour déposer les bûches. Il entendit derrière lui la voix de Norma :

— Les routes sont terribles, hein ? Penses-tu que je devrais éviter d'aller voir Ella ?

Une des bûches tomba bruyamment sur le plancher. Il dit avec un calme dont il se sentait fier :

— Elle va attendre ta visite, tu ne crois pas ? Tu ne peux pas la joindre par téléphone. Si elle ne te voit pas, elle va craindre que tu n'aies eu un accident.

— Tu as sans doute raison.

Le rire moqueur de Norma retentit à nouveau.

— Il vaut mieux que j'y aille, de toute façon. Ça te donnera une chance de fixer un rendez-vous en douce à ta nouvelle petite amie...

---

9. **to skip** : 1. *gambader, sautiller, sauter à la corde*. 2. *éviter, laisser tomber*.

10. **to clatter** : *cliqueter, faire un bruit métallique, choquer, entrechoquer*.

11. **evenness** : *égalité, régularité*, **evenness of temper**, *égalité d'humeur, calme, sérénité*. Formé sur l'adjectif **even**, *régulier, égal*.

12. **to guess** : 1. *deviner*. 2. *croire, penser*. Ce deuxième sens, américain à l'origine, s'est répandu parmi tous les pratiquants de la langue anglaise.

13. **I might as well** : *je pourrais aussi bien*, au sens de *je ferais aussi bien...*

14. **to sneak** : *agir furtivement, subrepticement, à la dérobée, en douce*.

Harry Lund stood at the kitchen window. Cautiously he had eased[1] the car out of the garage for Norma and left it headed down the road. He had seen her, in her old blue tweed coat, step[2] into the car and drive away. He had run back to the kitchen. Any second now the car would come into view from the window, approaching Suicide Bend. His stomach was fluttering[3]. A curious sensation. Almost as if he was drunk.

The afternoon sunlight beat down on the empty twist[5] of road. Suddenly a car gleamed[4], Norma's car. He saw it sweep[6] into the bend, topple[7] grotesquely[8] for a second on the brink[9] of the drop, and then plunge over. The sound of wrenched[10], rattling[11] metal split the silence. A roar, a rumble[12], fainter as the car hurtled[13] down, down.

He turned away from the window. He wanted to shout, to clap his hands, absurdly to call the boarding-house where Frances lived and say: *Marry me, darling. Marry me.*

But he satisfied himself with a smile, the curled[14] sophisticated smile of an artist who knows that his job was well done.

He went into the living-room and turned on the radio loud so that it would seem reasonable he had not heard the crash. He picked up the house organ[15] Norma had been reading. Soon the neighbors would be coming. He would be ready for them.

The front-door buzzer[16] rang shrilly[17].

---

1. **to ease** : 1. *faciliter ; atténuer, soulager ; calmer ; diminuer, réduire* (tensions, restrictions).

2. (comme ici) *mouvoir avec délicatesse, prudence, précaution* : **to ease a key into a lock**, *introduire délicatement une clé dans une serrure.*

2. **to step** indique un mouvement du/des pied(s), souvent précisé par une pré ou postposition : **to step aboard**, *monter à bord,* **to step over something**, *enjamber quelque chose,* **to step forward**, *faire un pas en avant.*

Notez l'expression **to step on the gas**, *appuyer sur l'accélérateur.*

3. **to flutter** : *voleter, voltiger ; palpiter. Cf.* l'expression **to have butterflies in one's stomach**, *avoir le trac* (m. à m. avoir des papillons dans l'estomac).

4. **to gleam** : *briller d'un éclat métallique.*

5. **twist** : *torsion, distorsion ; tournure ; changement, rebondissement.*

6. **to sweep, swept, swept** : signifie *balayer,* mais peut aussi indiquer un *mouvement rapide, ample* ou *majestueux.* **Panic swept through the crowd**, *la panique s'empara de la foule ;* **she swept into the room**, *elle fit une entrée majestueuse dans la pièce.*

Harry Lund se tenait devant la fenêtre de la cuisine. Avec précaution, il avait sorti la vieille voiture du garage pour Norma, et l'avait laissée l'avant tourné vers la route. Il avait vu Norma, dans son vieux manteau de tweed bleu, s'installer au volant et démarrer.

Il était revenu à la cuisine en courant. D'une seconde à l'autre, la voiture serait visible de la fenêtre, abordant le « virage du Suicide ». Il éprouva une curieuse sensation au creux de l'estomac, presque comme s'il était ivre. Le soleil de l'après-midi donnait sur la portion vide de la route en lacets. Soudain une voiture étincela, la voiture de Norma. Il la vit s'engager dans le virage, se suspendre bizarrement l'espace d'une seconde au bord du ravin, avant d'y basculer.

Le fracas du métal broyé déchira le silence. Une explosion, un grondement qui s'assourdissait à mesure que la voiture dégringolait plus bas, toujours plus bas. Il se détourna de la fenêtre. Il voulait crier, battre des mains, il avait l'envie absurde de téléphoner à la pension de famille ou logeait Frances et de lui dire : « Epouse-moi, ma chérie, épouse-moi ! », mais il se contenta d'un sourire, le petit sourire dédaigneux et subtil de l'artiste qui sait que son œuvre est réussie.

Il passa dans le salon et mit la radio suffisamment fort pour qu'il parût vraisemblable qu'il n'eût pas entendu le bruit de l'accident. Il prit la revue que Norma avait lue. Les voisins allaient bientôt arriver. Il serait prêt à les recevoir. La sonnette de la porte d'entrée retentit, stridente.

---

7. **to topple** : 1. *basculer, perdre l'équilibre, tomber.* 2. *renverser, faire basculer.*

8. **grotesquely** : de l'adjectif *grotesque* qui peut avoir le même sens qu'en français, mais peut aussi signifier *monstrueux.*

9. **brink** : *bord* (d'un précipice) ; **on the brink of bankruptcy**, *au bord/à deux doigts de la faillite.*

10. **to wrench** : *tirer/arracher violemment.*

11. **to rattle** : *faire un bruit métallique.*

12. **a rumble** : *un bruit sourd, un grondement, un roulement.*

13. **to hurtle** : *aller à toute vitesse* (véhicule, etc.) ; **to hurtle past someone**, *passer en trombe devant quelqu'un.*

14. **to curl** : *friser, boucler.*

15. **house organ** : *journal d'entreprise ou revue professionnelle.*

16. **buzzer** : *sonnette ; sonnerie ; sirène ; intercom.* **To give a buzz**, (fam.) *donner un coup de fil.* **The buzz**, *la rumeur, les échos, les potins.*

17. **shrilly** : de l'adjectif **shrill**, *strident, perçant, aigu, haut perché.*

Harry Lund straightened[1] his handsome red and blue tie and went to answer the door. Mrs. Grant, who lived down the street, stood on the threshold. She was panting.

"Mr. Lund, your wife... Something happened to the car. It went over Suicide Bend."

Harry Lund put up a hand to cover his fine eyes. "God, no. It's not possible. I thought I heard something, but the radio..."

"All the way down," panted Mrs. Grant. "I saw it. Right from the living-room window. Come."

He was running after her[2] through the snowy streets. At Suicide Bend a little group of neighbors was huddled at the roadside. Moaning[4] his wife's name, Harry Lund pushed through them[5] and looked down. Far below[6] in the bed of the valley he saw the car in flames, a twisted[7] wreck[8] of metal. He also saw two men stooped over some blue, half-visible object a little way down the sharp[9] sloping side of the hill. A third man was scrambling[10] away from them up the grade. He came to Harry and pumped[11] his hand.

"She must have opened[12] the door and thrown herself free. She's unconscious, maybe hurt[13] a little. But Doc[14] Peterson's down there and he says she's all right, Mr. Lund. It's a miracle. A miracle..."

---

1. to straighten : *redresser, remettre d'aplomb, mettre de l'ordre dans,* **to straighten one's back/shoulders**, *se redresser, se tenir droit.*

2. he was running after her..., comme souvent, le français traduit d'abord la préposition, par un verbe : *suivre.*

3. to humble : *se blottir les uns contre les autres.*

4. to moan : 1. *gémir, pousser des gémissements, se lamenter.* 2. *maugréer, rouspéter, râler.*

5. pushed through them : ici encore, c'est **through** qui est l'élément le plus important.

6. far below m. à m. *loin en bas/au dessous.*

7. to twist : 1. *tordre, entortiller, enrouler.* 2. *visser, imprimer une rotation à, faire tourner.* 3. *fausser, déformer.* **To twist one's ankle**, *se fouler/tordre la cheville.*

8. wreck : 1. *naufrage.* 2. *épave.* 3. *accident.* 4. (personne) *épave, loque.* **To be a nervous wreck**, *être à bout de nerfs.*

Harry Lund redressa sa jolie cravate rouge et bleu et alla ouvrir la porte. Mme Grant, qui habitait plus bas dans la rue, se tenait sur le seuil, haletante.

— Monsieur Lund, votre femme… quelque chose est arrivé à la voiture. Elle est tombée dans le ravin au virage du Suicide.

Harry plaqua une main sur ses beaux yeux.

— Mon Dieu, non. Ce n'est pas possible. J'ai cru entendre quelque chose, mais la radio…

— Jusqu'en bas, haleta Madame Grant. J'ai tout vu. Depuis la fenêtre du salon. Venez.

Il la suivit en courant dans les rues enneigées. Au « virage du Suicide », un petit groupe de voisins se pressait au bord de la route. Gémissant le nom de sa femme, Harry Lund se fraya un chemin parmi eux et regarda en bas. Tout au fond, au creux de la vallée, il vit la voiture en flammes, une carcasse de métal enchevêtré. Il aperçut également deux hommes penchés sur quelques chose de bleu, à moitié visible un peu au-dessous du flanc abrupt de la colline.

Un troisième homme s'éloignait d'eux en remontant la pente. Il se dirigea vers Harry et lui secoua la main avec effusion.

— Elle a dû ouvrir la portière et réussir à se dégager. Elle est sans connaissance, peut-être très légèrement blessée. Mais le docteur Peterson est là bas et dit qu'elle n'a rien de grave, monsieur Lund. C'est un miracle, un miracle…

---

9. sharp 1. *tranchant, acéré, bien aiguisé, aigu, pointu.* 2. *brusque, soudain ; marqué, prononcé.* 3. *mordant, cinglant.* 4. *vif, malin, dégourdi ;* (œil) *vif.* 5. *malhonnête, peu scrupuleux.*

To slope, *être en pente, être incliné, descendre en pente.*

10. to scramble : *grimper/descendre, en s'aidant des pieds et des mains.*

scrambled eggs, *œufs brouillés.*

11. to pump : 1. *pomper.* 2. *secouer*

12. she must have opened : m. à m. *elle doit avoir ouvert* ; la notion de passé est portée par **have opened**.

13. to hurt : *blesser, se blesser ; faire mal ; faire de la peine à, offenser, froisser.* Moins fort que **to injure** (*blesser* dans un accident), le terme est ici destiné à rassurer.

14. doc, abréviation familière de **doctor**. Notez l'absence d'article : **doctor Peterson**, *le docteur Peterson.*

It was a miracle. Norma had escaped with only a sprained ankle[1] and a shock to her nervous system. The injury[2] was not serious enough for hospital, but Dr. Peterson confined[3] her to bed for some weeks.

There was no suspicion of a fixed[4] accident. Harry was almost sure of that. At first immense relief kept him from thinking of anything else. But gradually he began to realize that life had become gradually worse. Norma was a difficult patient, demanding[5] constant attention. Her sister[6] Ella, with four children, could offer no assistance. Harry had to hire an expensive day nurse[7]. Without his wife to spell[8] him, he was obliged to stay all day at the drug-store, snatching[9] a sandwich lunch behind the counter. With his evenings enforcedly[10] dedicated to Norma, there was no chance to see Frances.

He had called her once, feebly ascribing his elusiveness[11] to a succession of business trips. For the first time, Frances voice had been chilly[12].

And to make matters worse, he had lost the car and the amount of insurance was much too small to buy a new one, even if a new one had been available. Each morning he had to get up two hours earlier to cook Norma's breakfast before the nurse arrived, and then to trudge[13] down the snow-slushy[14] hill to take the trolley to the store.

---

1. to sprain one's ankle, *se fouler la cheville ; se faire une entorse.* **To sprain** peut aussi s'employer pour un ligament étiré.

2. injury : 1. *blessure* (autre que par arme blanche ou arme à feu, qui se dit **wound**). 2. *préjudice, atteinte, tort* (causé).

3. to confine : 1. *enfermer, emprisonner, faire garder* (la chambre, le lit). 2. *limiter.*

4. to fix : 1. *fixer, attacher.* 2. *décider, arrêter, établir, fixer.* 3. *réparer, arranger.* 4. *truquer, corrompre, fausser* (un résultat).

5. to demand : *demander* au sens *d'exiger.*

6. her sister, traduit par « *et dont la sœur* » car « *sa sœur* » risquerait d'être ambigu en français. Il pourrait s'agir de la sœur d'Harry ou de celle de Norma. Alors que l'anglais « **her** » ne permet pas le doute.

7. nurse : *infirmière, infirmier, garde-malade.* Peut-être masculin, même s'il n'est pas précédé de « **male** » (**male nurse**).

8. to spell : 1. *orthographier, écrire, épeler.* 2. *signifier* : **to spell ruin**,

C'était un miracle. Norma s'en était tirée avec la cheville foulée et une commotion nerveuse. Son état ne justifiait pas l'hospitalisation mais le docteur Peterson lui fit garder le lit pendant quelques semaines.

Personne ne soupçonna que l'accident eût pu être prémédité. Harry était presque sûr de cela. Au début, un soulagement intense l'empêcha de penser à autre chose. Mais petit à petit il commença à réaliser que la vie devenait de pire en pire. Norma était une malade difficile, exigeant sans cesse qu'on s'occupe d'elle, et dont la sœur Ella, avec ses quatre enfants, n'était d'aucune aide. Harry dut donc engager à grands frais une garde pour la journée. Sans sa femme pour le relayer, il lui fallait passer toute la journée à la pharmacie, en déjeunant d'un sandwich sans quitter son emploi. Comme il était obligé de consacrer ses soirées à Norma, il n'avait aucune occasion de voir Frances.

Il lui avait téléphoné une fois, mettant son absence sur le compte d'une succession de voyages d'affaires. Pour la première fois, le ton de Frances avait été glacial.

Pour aggraver le tout, il avait perdu la voiture et le montant de l'assurance était bien trop mince pour la remplacer, même s'il y en avait eu une immédiatement disponible. Tous les matins, il lui fallait se lever deux heures plus tôt pour préparer le petit déjeuner de Norma avant l'arrivée de l'infirmière, puis descendre la colline à pied dans la neige pour aller prendre le trolleybus qui l'emmenait à la pharmacie.

---

signifier la ruine. 3. (ici) *remplacer* (temporairement), *relayer, prendre son tour ; cf.* **a spell**, *une période ;* **to take a spell at the wheel**, *se relayer au volant.*

9. to snatch, *saisir* (d'un geste vif), *s'emparer de* (brusquement), *sauter sur.* **To snatch victory**, *arracher la victoire.*

10. enforcedly, *de façon forcée, forcément ;* adverbe formé sur l'adjectif **enforced**, *forcé, imposé, mis en vigueur/application.*

11. elusiveness, *caractère insaisissable ; fait d'éluder, de se dérober à.* Nom formé sur l'adjectif **elusive**, *insaisissable, qui cherche à échapper à/à éluder.*

12. chilly : *froid,* (très) *frais ;* (personne) *froid, distant, glacial.*

13. to trudge, *marcher lourdement/péniblement/en traînant les pieds ; se traîner ; patauger.*

14. slushy : *couvert de neige fondue ; de* **slush**, *neige fondue ; gadoue.*

But of all the resultant miseries[1], the new, inescapable intimacy with Norma was the most grueling[2]. The little house had only one bedroom. Constantly smoking, propped up[3] in bed in the pink quilted robe, his wife bossed[4] him, questioning, directing store policy[5], like a tart-tongued[6] old empress. Something, maybe a half-realized sense of guilt, maybe a tacit admission of her greater strength of character, made him obey meekly[7]. She developed[8] a perverse habit of waking in the early dawn hours and sending him, sleep-stupefied, aching[9] with cold and hatred, to the kitchen for orange juice or glass of hot milk.

Christmas came, and in a burst[10] of seasonal sentimentality, Norma insisted upon a tree in the bedroom. Harry had to drag it all the way up the icy hill and decorate it with colored balls and pretty little old-fashioned[11] candles under a barrage of sarcastic criticism. The nurse demanded Christmas off[12]. Harry Lund closed the drug-store, cooked a turkey with the reluctant[13], neighborly[14] help of Mrs. Grant, and served a meal, with gift-wrapped[15] presents, to Norma in the bedroom. Norma was vivacious and, after domestic champagne, almost flirtatious[16].

That night Harry Lund knew that, however dangerous it might be, he was going to try to kill her again.

A trivial incident gave him his second idea. Norma was still in bed a few days after Christmas, but she could hobble[17] around with the help of a cane.

---

1. **misery**, *tristesse, détresse ; douleur, souffrance, supplice.* **To put some one out of his/her misery**, *abréger le supplice de quelqu'un ; achever.*

2. **grueling**, *éreintant, pénible, difficile à supporter.*

3. **to prop up**, *soutenir, étayer cf.* **a prop**, *une perche, un soutien, un appui.*

4. **to boss** : *régenter, diriger, faire marcher, conduire à la baguette.*

5. **policy**, *politique* au sens de *ligue d'action, choix, conduite ;* à distinguer **politics**, *la politique* au sens de la vie politique.

6. **tart** : 1. (goût) *acide, acidulé.* 2. (personne) *acerbe.* **Tart-tongued**, *à la langue acerbe.* Formé comme **long-legged**, *aux longue jambes.*

7. **meekly**, *docilement, humblement.* Adverbe formé sur l'adjectif **meek**, *docile, doux.*

8. **developed**, attention à l'orthographe : un seul **p**, car la dernière syllabe de **to develop** [dɪˈveləp] est inaccentuée.

9. **to ache** : *faire mal, être douloureux ; souffrir.* **To be aching to do something**, *mourir d'envie de faire quelque chose.*

Mais de toutes les conséquences malheureuses, la plus intolérable était cette nouvelle intimité inévitable avec Norma. Leur petite maison n'avait qu'une chambre à coucher. Fumant constamment, adossée à son oreiller, dans sa robe de chambre rose molletonnée, sa femme l'accablait d'ordres et de questions, lui disait comment gérer la boutique, telle une vieille impératrice revêche. Un je ne sais quoi, peut être un sentiment diffus de culpabilité, ou la reconnaissance tacite de sa plus grande force de caractère, faisait qu'il obéissait sans protester. Elle prit l'habitude perverse de s'éveiller dès l'aube et de l'envoyer – abruti de sommeil, tremblant de haine et de froid – chercher à la cuisine un jus d'orange ou un verre de lait chaud.

Ce fut Noël, et dans un élan de sentimentalité bien de saison, Norma insista pour avoir un arbre de Noël dans la chambre. Il fallut qu'Harry le traîne depuis le bas de la colline glacée et le décore de petites boules de couleurs et de jolies petites bougies à l'ancienne sous un feu roulant de critiques acerbes.

La nurse exigea sa journée de congé pour Noël. Harry Lund ferma la pharmacie, fit cuire une dinde avec l'aide peu enthousiaste de leur voisine Mme Grant et servit à Norma, dans sa chambre, un repas avec des paquets cadeaux. Norma se montra enjouée et, après le champagne pris en commun, d'humeur presque folâtre.

Cette nuit là Harry sut que, quel que soit le danger, il allait de nouveau tenter de la tuer.

C'est un incident anodin qui fit naître son second plan. Norma était toujours alitée quelques jours après Noël, mais elle pouvait se déplacer en boitillant avec l'aide d'une canne.

---

10. burst. 1. *explosion*. 2. *accès, élan*.

11. old-fashioned, *démodé, à l'ancienne*.

12. off : *cf.* **to be on duty**, *être de service,* **to be off duty**, *ne pas être en service.* **To take a few days off**, *prendre quelques jours de congé.*

13. reluctant, *réticent, fait à contrecœur.*

14. neighborly (US) (GB : **neighbourly**), *de/en bon voisin, de bon voisinage, amical, aimable.* Le sens ici est celui de *voisinage* plutôt que de caractère amical, qui serait démenti par « **reluctant** ».

15. to gift-wrap, *faire un emballage cadeau ;* **to wrap**, *envelopper, emballer, empaqueter.*

16. flirtatious, *qui aime flirter ; qui fait des avances.*

17. to hobble. 1. *boitiller, clopiner*. 2. *entraver*.

When she was in the bathroom, Harry came up from the kitchen to find that one of her inevitable cigarettes had rolled, still alight, from the ashtray and was smoldering[1] perilously close[2] to the low, tinder-dry[3] branches of the tree.

Instinctively he stubbed[4] it. But, as he did[5] so, the idea sprang[6] full-born[7] into his mind.

The Retail Druggists'[8] Convention[9] was giving a banquet in two days' time[10]. Norma knew about it and, always conscientious where anything professional was at stake[11], expected him to go. What if Norma, under the influence of a sedative, should drop asleep and leave a cigarette alight? What if a fire, a sudden, concentrated blaze[12] in the bedroom, should break out while he was at the banquet? The house was insured. He had planned to sell it anyway.

Some sort of time-clock device[13] was all he needed. His tinkerer's[14] mind solved that problem easily. He brought home a couple of cans of lighter fluid from the drug-store. All he had to do was to stand one of the Christmas candles under the tree on some of the artificial moss saturated with lighter fluid. The candle would burn down and ignite the moss. The moss would ignite the tree.

Harry Lund felt his manhood[15] returning. That night he smiled at his reflection in the mirror.

It smiled back, reassuringly handsome and decisive.

---

1. **to smolder** : orthographe US (GB : **smoulder**) : (feu) *couver* ; (cendres) *fumer, se consumer.*

2. **close**, prononcer [kləʊs], son final **s** et non **z**.

3. **tinder** : *amadou.*

4. **to stub** ou **stub out**, *éteindre, écraser une cigarette. Cf.* **a stub**, *un mégot.*

5. **as he did so** : m. à m. *ce faisant.*

6. **to spring, sprang, sprung** : *sauter, bondir ; jaillir, surgir.*

7. **full-born** : m. à m. *née complète.* Le plan tout entier est déjà présent dans l'esprit de Harry.

8. **retail druggist**, *pharmacien de détail.* **The retail trade**, *le commerce de détail,* **the wholesale trade**, *le commerce de/en gros.* **To retail**, *vendre au détail.*

9. **convention** : *congrès politique* ou comme ici *commercial.* **The annual convention of the sales force**, *la réunion/le congrès annuel de la force de vente.*

Pendant qu'elle était dans la salle de bains, Harry remonta de la cuisine pour découvrir qu'une des inévitables cigarettes de Norma était tombée tout allumée du cendrier et se consumait à proximité dangereuse des branches basses aisément inflammables de l'arbre de Noël.

Il l'éteignit instinctivement. C'est alors que l'idée jaillit dans son esprit, toute prête. Le banquet du Congrès des pharmaciens avait lieu dans deux jours. Norma était au courant et, suivant toujours de très près tout ce qui touchait à la profession, comptait sur lui pour y aller. Alors si Norma, sous l'influence d'un calmant, s'endormait soudain en laissant une cigarette allumée ? Et si un incendie, embrasant d'un seul coup la chambre à coucher, se déclarait pendant qu'il assistait au banquet ? La maison était assurée. Il avait prévu de la vendre de toute façon. Il avait seulement besoin d'une sorte de mécanisme d'horlogerie. Son sens du bricolage résolut facilement ce problème. Il apporta à la pharmacie deux recharges d'essence pour briquet. Il lui suffisait de planter une bougie de Noël sous l'arbre, dans la mousse artificielle imprégnée d'essence à briquet. La bougie, en se consumant, enflammerait la mousse. La mousse mettrait le feu à l'arbre.

Harry se sentit redevenir un homme. Ce soir-là, il sourit à son reflet dans le miroir, qui lui renvoya un sourire rassurant, séduisant et déterminé.

---

10. at stake : *en jeu*. **Our future is at stake**, *c'est de notre avenir qu'il s'agit, notre avenir est en jeu.*

11. in two days' time, cas possessif de temps. *Cf.* **today's news paper**, *journal d'aujourd'hui ;* **two weeks' holiday**, *vacances de deux semaines.*

12. blaze : 1. *flambée, incendié ; brasier.* 2. *éclat, splendeur.* 3. *explosion* (de rage, etc.). **to blaze** : 1. *flamber, flamboyer.* 2. *resplendir.* 3. (colère, etc.) *éclater.*

13. time-clock device : *système de déclanchement, de mise à feu, qui permet de provoquer une explosion à un certain moment, après un délai. Cf.* **a time-bomb**, *une bombe à retardement.* Dans un autre contexte, **a time-clock** signifie *une horloge pointeuse.*

14. tinkerer : *bricoleur.* Formé sur le verbe **to tinker**, *bricoler.* **To tinker with something**, *tripatouiller ; tripoter* ; **the results have been tinkered with**, *les résultats ont été tripatouillés/faussés.*

15. manhood : 1. *virilité.* 2. *âge d'homme, âge viril.*

Half an hour before he was due to leave for the banquet, Harry Lund, spruce[1] in a freshly pressed blue suit, heated milk in the kitchen and dissolved[2] into the glass three strong hypnotic[3] tablets. He carried the glass up to the bedroom.

"Thought[4] you might like your milk before I left."

"Why[5], how considerate[6] he is." Norma's sharp black eyes studied him with mock[7] admiration. "And doesn't he look dashing[8] tonight!"

She tossed[9] her cigarette down on an ashtray and drank great draughts[10] of the milk. He kept himself from watching her. He moved around the room pretending to tidy up[11].

"Want the window open, dear?"

"On a night like this?[12] You might help me to the bathroom, though[13]."

When she came out of the bathroom a few minutes later, she was already staggering[14] from sleep. She mumbled confusedly as he half-carried her back to the bed and tucked her in. Soon she turned over on her side and began to breathe deeply.

Carefully Harry Lund arranged his death-trap under the tree, the candle, just the right amount of artificial moss soaked[15] in lighter fluid, at just the right position under a dry limb[16].

He lit the candle. Half an hour, maybe. Or more. An hour. The tree would flare up. The curtains would catch.

---

1. **spruce** : *pimpant, soigné, coquet, net, impeccable.*
2. **to dissolve** : *dissoudre, faire fondre ; se dissoudre ; disparaître, s'évanouir.* Attention à la prononciation : [dɪ'zɒlv].
3. **hypnotic** : *hypnotique, d'hypnose ; envoûtant.*
4. **thought** : pour **I thought**, *j'ai pensé.*
5. **why** : exclamation qui signifie *Eh bien, tiens, mais alors, dites donc.*
6. **considerate** : *prévenant, attentionné.*
7. **mock** : désigne tout ce qui n'est pas authentique et selon les cas sera traduit par *faux, simulé, d'imitation, simili.*
8. **dashing** : *fringant.* **To cut a dashing figure**, *avoir fière allure.*
9. **to toss** : *jeter, lancer.* **To toss a coin**, *tirer à pile ou face.*

Une demi-heure avant l'heure prévue pour son départ au banquet, Harry Lund, élégant dans un costume bleu fraîchement repassé, fit chauffer du lait dans la cuisine et dissoudre dans le verre trois comprimés d'un puissant somnifère.

Il monta le verre dans la chambre à coucher.

— Je me suis dit que tu aimerais peut être avoir ton lait avant que je ne parte.

— Eh bien, mais c'est qu'il est plein d'attention. (Les yeux noirs perçants de Norma l'étudiaient avec une admiration feinte.) Et quelle allure ce soir !

Elle fit tomber sa cigarette dans un cendrier au pied du lit, et but le lait à grand traits. Il se retenait pour ne pas la regarder. Il se déplaçait dans la pièce en faisant semblant d'y mettre de l'ordre.

— Veux-tu que j'ouvre la fenêtre, ma chérie ?

— Avec le temps qu'il fait ? Non. Mais tu peux m'aider à aller jusqu'à la salle de bains.

En revenant de la salle de bains, quelques minutes plus tard, elle titubait déjà de sommeil. Elle marmonnait façon incompréhensible alors qu'il la reconduisait vers le lit en la portant à moitié et qu'il la bordait. Elle se retourna bientôt sur le côté et se mit à respirer profondément.

Harry Lund installa minutieusement son piège mortel sous l'arbre : la bougie, juste la bonne quantité de mousse artificielle imbibée d'essence à briquet, juste au bon endroit sous une branche sèche. Il alluma la bougie. Compter une demi-heure, peut-être. Ou davantage. Une heure. L'arbre s'embraserait. Les rideaux prendraient feu.

---

10. draught [drɑːft] : 1. (boisson) *goulée, coup ; potion, breuvage*. 2. *courant d'air*. 3. *tirant d'eau*. **Beer on draught**, *bière* (à la) *pression*.

11. to tidy up : *ranger, arranger, mettre de l'ordre*.

12. m. à m. *au cours d'une nuit comme celle-ci*.

13. though : *cependant*

14. to stagger : *chanceler, tituber, vaciller*.

15. to soak : *tremper, faire tremper, laisser tremper*. **Soaked to the skin**, *trempé(e) jusqu'aux os*.

16. limb : prononcer [lim], le **b** final n'est pas prononcé ; 1. *membre* (du corps). 2. *branche* (en général assez grosse).

In a matter of moments the room would be an inferno[1]. The little candle flame flickered[2] as he tiptoed[3] out of the room.

While he trudged[4] down the hill to the trolley stop, Harry Lund thought of Frances' young face flushed[5] with love and gratitude as she unwrapped[6] a prettily packed package.

"So you didn't forget my Christmas present after all! Oh, *Spring Lilac*. My favorite perfume. You shouldn't have done it. *So expensive*[7]..."

The telephone call came just after the banquet had begun. The morning he had casually[8] mentioned the banquet to Mrs. Grant so that the neighbors would know where to find him. It was Grant himself, announcing excitedly:

"Come back at once, Lund! Your house is on fire!"

Feeling important from the drama around him, Harry Lund made breathless[9] excuses and raced for a taxi. As it slithered[10] up the icy hill, he saw fire-engines and a milling[11] crowd outside his house. He also saw that, though the flames seemed to be almost extinguished, the upper floor had been completely gutted[12].

Warm with dangerous excitement[13], he got out of the taxi. Someone grabbed his arm and started to pull him across the lawn to the next door neighbor's house. He found himself in a brightly lit living-room. Norma was lying on a couch.

---

1. inferno, mot italien, popularisé par Dante's *Inferno* (*L'Enfer* de Dante), décrit par le poète italien Durante Alighieri, dit Dante (1265-1321), dans *La Divine comédie*, comme le lieu où brûlent éternellement les damnés.

2. to flicker : (lumière) *trembloter, trembler, vaciller ; osciller.*

3. tiptoed... : encore un exemple ou la préposition (**out of**) indique le mouvement, le verbe (**to tiptoe** *se mouvoir sur la pointe des pieds*) indiquant la manière.

4. to trudge : *marché lourdement, péniblement, en traînant les pieds.*

5. to flush : 1. *rougeoyer, s'empourprer ;* (visage) *rougir* (par analogie avec **to blush**). 2. *effacer, agiter.* 3. *nettoyer à grande eau ; tirer la chasse d'eau.*

6. to unwrap, *déballer, ouvrir* (un emballage).

7. So expensive m. à m. (Mais c'est) *si cher !*

8. casually : *fortuitement, par hasard, sans insister, en passant.* Formé

En quelques instant la chambre serait un enfer.

La petite flamme de bougie dansait alors qu'il quittait la pièce sur la pointe des pieds.

En descendant la colline vers l'arrêt du trolleybus, Harry pensais au jeune visage de Frances rayonnant d'amour et de gratitude en défaisant un paquet joliment emballé.

— Alors vous n'aviez pas oublié mon cadeau de Noël ! Oh, *Lilas Printanier*, mon parfum préféré. Vous n'auriez pas dû. C'est hors de prix...

L'appel téléphonique arriva juste après le début du banquet. Le matin il avait parlé du banquet à Mme Grant, en passant, pour que ses voisins sachent où le joindre. C'était Grant lui-même affolé, qui annonçait :

— Rentrez tout de suite, Lund, il y a le feu chez vous !

Conscient de l'importance que lui donnaient ces circonstances dramatiques, Harry Lund s'excusa précipitamment et courut prendre un taxi. En arrivant en haut de la côte verglacée, il vit des voitures de pompier et un attroupement devant sa maison. Il vit aussi que, bien que les flammes fussent apparemment presque éteintes, il ne restait plus que les murs de l'étage supérieur.

Saisi d'une fièvre incontrôlable, il descendit du taxi. Quelqu'un lui saisit le bras et se mit à l'entraîner à travers la pelouse vers la maison de son voisin immédiat. Il se retrouva dans le salon illuminé. Norma était étendue sur un sofa.

---

sur l'adjectif **casual**, *fortuit, fait par hasard, désinvolte.* **A casual worker**, *travailleur intermittent ;* **casual dress**, *habillement décontracté.*

9. breathless : *essoufflé, hors d'haleine, haletant, qui a du mal à respirer.*

10. to slither : *glisser, déraper.*

1. Icy : *glacé ; glacial,* mais aussi *couvert de verglas, verglacé. Verglas* se dit (**black**) **ice**.

11. to mill : *fourmiller, grouiller.* **Crowd** = *foule*

12. to gut : (animal) *vider, étriper ;* (incendie) *ne laisse que les murs.*

13. mot à mot *échauffé/animé par une excitation/émotion dangereuse.* **Dangerous** signifie ici : *qui constitue un danger,* en ce sens que Harry a du mal à se contrôler.

Someone was saying: "The smoke woke her up. She managed to crawl[1] out just in time."

Norma's black eyes were fixed on his face, solemn[2] with contrition.

"Harry, I'm so terribly ashamed[3]. My vile habit of smoking in bed. I fell asleep and the cigarette must have set fire to the tree... "

The top floor of the house had been demolished, but downstairs there had been little or no damage[4]. The agent from the insurance company did not question the legitimacy[5] of the fire but let Harry know that the condition[6] of the building warranted[7] payment of less than a third of the total policy. With the increased cost of materials and labor, it would take almost all Harry's savings to make his home habitable[8] again.

Owing to the housing shortage, it was impossible to find another place to live. For a short, dismal[9] period, Harry and Norma led a squalid[10] camping existence on the lower floor of the burnt-out house. Then, by a stroke of luck, their tenants above the drug-store moved[11] to another city and they were able to settle in the tiny two-room apartment[12] there.

Norma could still walk only with difficulty and Dr. Peterson warned[13] that the added shock of the fire should be neutralized by a long rest.

---

1. to crawl : *ramper, aller à quatre pattes, se glisser.*

2. solemn : *solennel.* Attention à la prononciation : ['sɒləm] ; le **n** final n'est pas prononcé.

3. to be ashamed, *être confus, honteux, avoir honte.* Formé sur **shame**, *honte.*

4. damage : en anglais, ce mot est singulier au sens de dégâts : **damage is considerable**, *les dommages/dégâts sont énormes.* Par contre le pluriel **damages** existe au sens de *dommages et intérêts* : **to sue for damages**, *poursuivre en dommages et intérêts.*

5. legitimacy : *légitimité.*

6. condition : ici au sens d'*état. Cf.* **in good condition**, *en bon état,* **out of condition**, *en mauvais état.*

7. to warrant : 1. *garantir.* 2. *justifier, légitimer.*

Quelqu'un était en train de dire :

— La fumée l'a réveillée. Elle a réussi à se traîner à l'extérieur à temps.

Les yeux noirs de Norma fixaient le visage de son mari d'un regard grave et contrit.

— Harry, j'ai tellement honte. Ma stupide habitude de fumer au lit. Je me suis endormie et la cigarette a dû mettre le feu à l'arbre...

L'étage de la maison avait été détruit, mais il y avait peu ou pas de dégâts au rez-de-chaussée. Le représentant de la compagnie d'assurances ne mit pas en doute la nature accidentelle du sinistre, mais fit sentir à Harry que l'état du bâtiment justifiait un remboursement de moins du tiers total de la police. Avec l'augmentation du coût des travaux et de la main-d'œuvre, il faudrait dépenser la quasi-totalité des économies d'Harry pour rendre sa maison à nouveau habitable.

A cause de la crise du logement, il était impossible de s'installer ailleurs. Pendant une période brève mais éprouvante, Harry et Norma menèrent une existence précaire en campant au rez-de-chaussée de la maison sinistrée. Puis, par un coup de chance, leurs locataires au-dessus de la pharmacie quittèrent la ville, et les Lund purent s'installer dans le petit deux-pièces ainsi libéré.

Norma ne marchait toujours qu'avec difficulté et le docteur Peterson déclara que le choc supplémentaire causé par l'incendie devait être compensé par un long repos.

---

8. **habitable** signifie bien *habitable*. Mais le verbe *habiter* se dit **to inhabit**, d'où la bizarrerie suivante : le mot anglais **inhabitable** signifie *habitable*, alors qu'*inhabitable* se dira **uninhabitable**.

9. **dismal** : *lugubre, funeste, sombre, morne, maussade.*

10. **squalid** : *sordide, misérable ; mesquin ; mal tenu ; minable.*

11. **to move** : au sens de *déménager*. **To move out**, *déménager*, **to move in**, *emménager*.

12. **two-room apartment** : notez l'absence de **s** à **room**, l'ensemble **two-room** étant considéré comme adjectif, donc invariable en anglais.

13. **to warn** : *avertir, prévenir*. Ce verbe implique une mise en garde, parfois une menace. Il faut donc l'éviter au sens d'*avertir/informer* d'une réunion en lui préférant **to notify**.

But, taking on herself the full blame for the loss[1] of their home, Norma refused to go away or stay in bed. As if in atonement[2] she worked absurd hours in the store, hobbling[3] around with a cane. A few weeks later she collapsed. Doctor Peterson diagnosed a heart condition, prescribed epinephrine, and put her back to bed.

For Harry Lund life had become as gray and sour[4] as the ashes of his destroyed bedroom. Twice, when Norma's sister Ella dropped in, he was able to slip away and call[5] Frances, but his excuses were even less convincing and her acceptance[6] of them even more frigid. This was very different from his rosy dreams of *Spring Lilac* and the girl's flushed gratitude.

Vain[7] though he was of his attraction[8] to women, Harry Lund realized that, unless something happened soon, he would lose Frances for ever.

As disaster closed in[9] from all sides, Harry Lund's picture of himself as a martyr took on an immense vividness[10]. Life was pummeling[11] him with blows whose strength was out of all proportion to his deserts[12]. And, in consequence, his determination to finish what he had started grew out of all proportion also. No scheme[13] was too reckless[14] for him to consider[15]. Once, at the poison safe[16] in the store, he made up a capsule of potassium cyanide. Only the weak vestiges of a self-preservation instinct kept him from spilling[17] it that night into Norma's bouillon[18].

---

1. loss : *perte*

2. atonement : *expiation ; réparation, rachat. Cf.* **to atone (for something)**, *expier, réparer, racheter.*

3. to hobble : 1. *clopiner, boitiller.* 2. *entraver*

4. sour : *aigre ;* (humeur) *revêche ;* (propos) *acerbe*

5. Bien distinguer entre **to call someone**, *appeler quelqu'un au téléphone,* et **to call on someone**, *rendre visite à quelqu'un.*

6. her acceptance of them : m. à m. *son acceptation de celle-ci.*

7. vain : *vaniteux.* **Vain though he was**, *malgré sa vanité.*

8. attraction : *attrait, charme.* Suivi de « **for** », **attraction** prend le sens d'*attirance* : **his attraction for her**, *son attirance pour elle.*

9. to close in : *se resserrer autour de, resserrer son étau autour de, se rapprocher pour attaquer.*

Mais, prenant sur elle toute la responsabilité de la destruction de leur maison, Norma refusa de s'éloigner ou de rester au lit. Comme pour se racheter, elle travaillait sans relâche à la pharmacie, se déplaçant péniblement avec une canne. Au bout de quelques semaines, elle s'effondra. Le docteur Peterson diagnostiqua une faiblesse cardiaque, prescrivit de l'épinéphrine, et la remit au lit.

Pour Harry Lund, la vie était devenue aussi grise et terne que les cendres de sa chambre à coucher détruite. A deux reprises, grâce à la visite d'Ella, la sœur de Norma, il put s'échapper pour appeler Frances, mais ses excuses furent encore moins convaincantes, et l'accueil qu'elle lui fit encore plus glacial. Quel contraste avec ses rêveries à l'eau de rose sur *Lilas Printanier* et la gratitude émue de la jeune fille ! Malgré la séduction qu'il était convaincu d'exercer sur les femmes, Harry Lund voyait bien que, à moins que quelque chose ne se produise rapidement, il allait perdre Frances définitivement.

Plus la situation devenait désastreuse, plus s'exacerbait chez Harry Lund le sentiment de son martyr. Le sort l'accablait de coups sans commune mesure avec ce qu'il méritait. Et par voie de conséquence, sa détermination à terminer ce qu'il avait commencé augmentait sans retenue. Aucun plan n'était trop audacieux pour lui. Une fois, à partir de la réserve de produits toxiques de la pharmacie, il fabriqua un cachet de cyanure de potassium. Seuls de vagues restes d'instinct de conservation l'empêchèrent de le dissoudre ce soir-là dans le bouillon de Norma.

---

10. vividness : *vivacité, éclat, clarté, vigueur, acuité.* Formé sur l'adjectif **vivid**, *vif, net, frappant, saisissant.*

11. to pummel : *bourrer/rouer de coups.*

12. deserts : *mérites. Cf.* **to deserve**, *mériter.*

13. scheme : 1. *plan, projet, système, idée.* 2. *complot, machination, combinaison.*

14. reckless : *imprudent, irresponsable ; insouciant.* **Reckless driving**, *conduite imprudente/dangereuse.*

15. to consider : *envisager, examiner.*

16. safe : *coffre fort.*

17. to spill : *renverser, répandre, se répandu.* **To spill blood**, *verser le sang.*

18. bouillon : *bouillon, consommé.* Synonyme de *stock* : **vegetable stock**, *bouillon de légume(s).*

But he kept the capsule always in his pocket. He would[1] touch it frequently during the day. It became the one[2] thing that was on his side.

And then the opportunity came. Harry Lund knew that only a man capable of daring and swift[3] decisions would have seen it as such[4]. But then[5] he was possessed[6] of both qualities. One evening Norma had asked him to go round to her sister's[7] to borrow a book she wanted. Just before he was about to leave, she had an attack.

Epinephrine! As he looked down at his wife, convulsively gasping[8] for breath in the bed, the name of the drug prescribed by Dr. Peterson seemed to quiver[9] between him and Norma in great red letters[10]. Norma kept ampoules[11] of epinephrine and a hypodermic[12] always by her bedside. Proud of her knowledgeability[13], she had told Doctor Peterson that, if she felt a new attack coming on she would administer the injection herself. A double dose of epinephrine would certainly kill even Norma.

Who could be suspicious if his wife, alone in the room, had tried to counter an attack and had inadvertently overdosed herself? This was using drugs, but it was using them with a difference[14] – creatively.

His fine eyes bright with self-approval[15], Harry Lund filled the hypodermic from two ampoules. Norma was in a half-coma.

---

1. **would** : il s'agit de la forme fréquentative qui indique la répétition d'une action.

2. **the one** : **the** a ici son sens de « *le... par excellence* »

3. **swift** : *rapide, prompt.* **to wish someone a swift recovery,** *souhaiter à quelqu'un un prompt rétablissement.*

4. **would have seen it as such,** m. à m. *l'aurait vue comme telle.*

5. **then** : ici au sens de *d'ailleurs, précisément.*

6. **to possess** attention à la prononciation : [pə'zes].

7. **to her sister's = to her sister's home.** *Cf.* **to go to the butcher's,** *aller à la boucherie* (**shop** sous entendu).

8. **to gasp** : *haleter, suffoquer, avoir le souffle coupé ; parler d'une voix étranglée.*

9. **to quiver** : *frissonner, frémir, trembler, trembloter ; battre, palpiter.*

10. **in great red letters** m. à m. *en grosses lettres rouges.*

Mais il avait en permanence le cachet dans sa poche. Il y portait fréquemment la main dans la journée. C'était devenu la seule carte en sa faveur.

Vint alors l'occasion attendue. Harry Lund se dit que seul un homme capable d'audace et d'esprit de décision pouvait la saisir au vol. Mais il avait précisément ces deux qualités.

Un soir Norma lui demanda de passer chez sa sœur pour lui emprunter un livre. Juste au moment où il allait partir, elle eut une attaque.

Epinéphrine ! Comme il regardait sa femme suffoquer en se convulsant sur le lit, le nom du médicament prescrit par le docteur Peterson lui parut briller en lettres de feu entre sa femme et lui. Norma conservait toujours à son chevet des ampoules d'épinéphrine et une seringue hypodermique. Fière de ses connaissances médicales, elle avait dit au docteur Peterson que si elle sentait venir une attaque, elle se ferait elle-même une piqûre. Une double dose d'épinéphrine, voilà qui ne manquerait certainement pas d'être mortel, même pour Norma.

Qui le soupçonnerait si sa femme, seule dans sa chambre, avait essayé d'enrayer une attaque et s'était par erreur administrée une trop forte dose.

C'était là recourir à la médecine, mais de façon originale, avec créativité.

Ses beaux yeux brillant d'autosatisfaction, Harry Lund vida deux ampoules dans la seringue. Norma était dans un demi-coma.

---

11. **ampoule** : ce mot d'origine française ne s'emploie en anglais qu'au sens pharmaceutique. *Une ampoule électrique,* **an electric bulb**.

12. **a hypodermic = a hypodermic syringe**.

13. **knowledgeability** : *compétence, fait de bien connaître.* De l'adjectif **knowledgeable**, *compétent, qui s'y connaît, bien informé;* **to be knowledgeable about cars**, *s'y connaître en voitures.*

14. **with a difference**, expression qui indique l'originalité et la supériorité. Abondamment utilisé en publicité : **the car with a difference**, *la voiture qui nous surprendra, qui se distingue des autres.*

15. **self-approval** : mot à mot *approbation de soi, haute opinion de soi.* Une des innombrables formations avec **self** + nom ou adjectif : **self-control**, *contrôle/maîtrise de soi,* **self-educated**, *autodidacte, etc.*

She seemed barely conscious of what happening as he administered the injection.

Scrupulously, Harry Lund wiped[1] his fingerprints[2] from the two empty ampoules[3] and from the syringe. Holding the ampoules in his handkerchief, he brought them in contact with the limp[4] fingertips of Norma's left hand and then let them fall to the floor. With the handkerchief, too, he squeezed[5] the syringe into Norma's right hand and left it where it dropped.

Get out quickly. That was all he had to do, just in case there might be[5] some question about the time of death. Harry over to Ella's house for a chat about the book Norma wanted.

When he shut the bedroom door, he seemed to be shutting a door for ever on his misunderstood[7] past.

Harry had a pleasant talk with Ella, extended[8] through a cup of coffee and a piece of homemade cake. He knew Norma's sister had never liked him, but that day he was so charming that he could see her visibly thaw[9].

With the book under his arm[10], he started back to the drugstore. He had given the epinephrine plenty of time. During the next few days[11], he would need to do some clever acting, but Harry Lund was not worried. His exhibition with Ella had been flawless[12]. He had always known that, if he had wanted to, he could have made a great success on the stage[13].

---

1. **to wipe** : *essuyer.* **To wipe one's face/hands,** *s'essuyer le visage/les mains.*

2. **fingerprints** : *empreintes digitales.* **To fingerprint,** *prendre/relever les empreintes digitales.*

3. **the ampoules** : l'anglais, à la différence du français ne craint pas les répétitions dont la fréquence dans cette langue ne constitue pas un critère de style. Alors que le français s'efforce de les éviter, en utilisant celles-ci, ces dernières, etc. et parfois au prix de contorsions grammaticales.

4. **limp** : *mou, molle ; manquant de force, de fermeté, de conviction.* **Limp excuses,** *mauvaises excuses, excuses sans conviction.*

5. **to squeeze** : *presser, serer ;* (crédit), etc. *1. resserrer, réduire ; pressurer ;* **to squeeze a lemon/an orange,** *presser un citron/une orange.*

6. **in case there might be** : m. à m. *au cas où il pourrait y avoir.*

7. **to misunderstand,** *comprendre de travers, mal comprendre.* **Misunderstanding,** *malentendu, méprise, erreur.*

Elle semblait à peine consciente de ce qui se passait lorsqu'il lui fit la piqûre. Harry Lund fit scrupuleusement disparaître ses empreintes de la seringue et des deux ampoules. Tenant celle-ci dans son mouchoir, il les mit en contact avec les extrémités inertes des doigts de la main gauche de Norma avant de les laisser tomber par terre. A l'aide du même mouchoir, il pressa la seringue contre la paume droite de Norma et la laissa au sol là où elle glissa.

Partir rapidement. C'est tout ce qu'il lui fallait faire, au cas où la question de l'heure du décès se poserait. Se presser de se rendre chez Ella pour bavarder à propos du livre que Norma avait demandé.

En fermant la porte de la chambre à coucher, il lui sembla refermer à tout jamais une porte sur son passé d'incompris.

Harry eut avec Ella une agréable conversation accompagnée d'une tasse de café et d'une part de gâteau maison. Il savait que la sœur de Norma ne l'avait jamais aimé, mais ce jour-là il se montra si charmant qu'il la voyait nettement se dégeler.

Le livre sous le bras, il repartit vers la pharmacie. Il avait donné à l'épinéphrine tout le temps d'agir. Au cours des prochains jours, il lui faudrait jouer la comédie de façon convaincante, mais cela ne le tracassait pas. Le numéro qu'il avait fait chez Ella avait été parfait. Il avait toujours su que s'il avait voulu, il aurait pu faire une grande carrière sur les planches.

---

8. to extend : *étendre, augmenter, accroître, élargir, agrandir ; prolonger ; apporter* (de l'aide), *offrir* (l'hospitalité), *présenter* (des excuses, etc.), *souhaiter* (la bienvenue), *lancer* (une invitation) *; s'étendre, s'allonger, se prolonger, etc.*

9. to thaw : *fondre, dégeler, décongeler, faire dégeler, faire fondre ;* (atmosphère) *se dégeler, se réchauffer.* **Thaw** (n.) : *dégel ;* (économie) *assouplissement* (de mesures, restrictions) *;* (politique) *détente, réchauffement.*

10. under his arm : notez l'utilisation du possessif « **his** » *cf.* **They had their hands in their pockets**. *Ils avaient les mains dans les poches.*

11. the next few days ; *cf.* **the last few months, the next few years**, etc.

12. flawless : *sans faille, sans défaut, parfait, impeccable.* Formé sur **flaw**, *défaut, imperfection, vice* (de fabrication, de forme).

13. stage : *scène* (de théâtre, etc.).

Already, as he climbed the drab[1] stairs to the apartment, he had instinctively arranged his face for its necessary expression – the expression of a husband overwhelmed[2] by the discovery of his wife's lifeless body. He was so preoccupied rehearsing[3] the phrases[4] he would use over the phone to Dr. Peterson that he had opened the door and stepped into the bedroom before he was conscious of anything unusual.

Then, as he looked across at the bed, all traces of reality seemed to be sucked out[5] of the world. Because Frances was there. He saw her standing, young, silent, very stiff, at the foot of the bed. She was watching Norma, who lay[6] prostrate[7] under the huddled[8] bedclothes.

As he entered, Frances turned and looked at him. The look was one of unspeakable horror and disgust. He shook[9] himself, staring[10] stupidly. This was in his mind[11], some vile, cruel trick played by a treacherous[12] imagination.

"Welcome home." Norma's voice sounded from the bed, cracked and weak, but with a ghost[13] of its sarcasm. "Your girl friend just arrived. You poor fool, Harry Lund. Thought[14] I didn't know about her, didn't you[15]? I've known for weeks[16]. A friend of Ella's[17] saw you together in a restaurant. It was easy enough to find out her name, where she lived."

The words fell on him like hammer-blows.

---

1. **drab** : *terne, morne ; monotone, ennuyeux ;* (couleur) *d'un brun terne.*

2. **to overwhelm** : *accabler, atterrer, bouleverser ; submerger, inonder.*

1. **To be overwhelmed with work**, *être submergé de travail ;* **to be overwhelmed by someone's kindness**, *être confus devant la gentillesse de quelqu'un.*

3. **to rehearse** : *répéter* (une pièce de théâtre, de la musique), *préparer* (ce qu'on va dire). **Rehearsal**, *répétition* (théâtre, musique).

4. **phrase** : *expression.* Le français *phrase* se dit **sentence** en anglais.

5. **to such out** : *aspirer, vider de sa substance.* De **to suck**, *sucer.*

6. **lay** : de **to lie, lay, lain**, *être étendu.*

7. **prostrate** : 1. *prosterné(e), à plat ventre.* 2. *prostré, accablé, abattu.*

8. **to huddle** : *se blottir, former un groupe compact.*

Déjà, en gravissant l'escalier triste qui montait à leur appartement, son visage avait pris d'instinct l'expression de circonstance : celle d'un mari accablé par la découverte du corps sans vie de sa femme. Il était si occupé à répéter les mots qu'il utiliserait en téléphonant au docteur Peterson qu'il avait ouvert la porte et pénétré dans la chambre à coucher avant de remarquer quoi que ce soit d'insolite.

Puis, comme il dirigeait son regard vers le lit, le monde lui sembla perdre toute réalité, car Frances était là. La jeune fille se tenait au pied du lit silencieuse et toute raide. Ses yeux fixaient Norma, étendue sous les couverture en désordre.

Quand il entra, Frances se retourna vers lui. Le regard qu'elle lui jetait exprimait une horreur et un dégout indicibles. Il tenta de se reprendre, comme frappé de stupeur. Tout cela était une illusion, un tour exécrable et cruel que lui jouait une imagination perfide.

— Bienvenue au foyer.

Norma parlait depuis le lit, d'une voix cassée et faible où subsistait une trace de sarcasme.

— Ta petite amie vient d'arriver ? Pauvre imbécile ! Tu croyais que j'ignorais son existence, hein ? Je suis au courant depuis des semaines. Une amie d'Ella vous a vus tous les deux au restaurant. Cela a été enfantin de découvrir son nom et son adresse.

Les mots l'atteignirent comme autant de coups de marteau.

---

9. to shake shook shaken : *secouer, agiter.*

10. to stare : *regarder fixement ; écarquiller les yeux.*

11. in his mind : *dans son esprit.*

12. treacherous : *traître, perfide ; dangereux.*

13. ghost : *fantôme.* **Not to stand a ghost of chance**, *ne pas avoir la moindre chance.*

14. thought : pour **you thought**.

15. didn't you : *n'est-ce pas* (reprend (**you**) **thought**).

16. I've known for weeks : *emploi du* **present perfect** pour une action commençant dans le passé et continuant jusqu'au présent.

17. A friend of Ella's : même emploi du cas possessif que dans **an uncle of John's**, etc.

But it was the horror of Norma's being alive which completed his demoralization. He had pumped[1] enough epinephrine into her to kill anybody. Could nothing kill her? His knees were like water[2]. He tried to grope[3] for some pattern[4] – anything to remove this feeling of helplessness[5].

Norma's black eyes were watching him sardonically. "I telephoned this poor girl because I thought I should explain[6]. She's not to blame, of course. Used an assumed name, didn't you? Told her you were a widower[7]." A dreadful[8] travesty of the hoarse[9] laugh came. "Guess[10] you thought you were – almost."

She shifted her gaze[11] to the white, rigid Frances. "Three times he tried. First he fixed[12] the brakes of the car. Then he set fire to the house. And now – the epinephrine. He put in a lot of work to get you. You should be flattered."

Harry Lund swung to Frances. Without any control, words spilled out[13]. "Frances, listen to me. Please listen. It isn't true. I didn't... "

The icy contempt in her eyes checked[14] him. There was a moment of silence, as awful to Harry Lund as a bomb[15] explosion. Frances turned and walked to the telephone.

Her voice seemed to surge[16] up through the silence. "The police. Get me the police." And then: "Come quickly. There's been an attempted murder at..."

---

1. **to pump** : *pomper ; faire circuler un liquide.*

2. m. à m. : *ses genoux étaient comme de l'eau.*

3. **to grope for something** : *chercher quelque chose à tâtons/à l'aveuglette.*

4. **pattern** : *dessin, motif, modèle, exemple, structure.*

5. **helplessness** : *impuissance.* Nom formé sur l'adjectif **helpless**, *sans défense, impuissant, désarmé, incapable de résister.*

6. **I thought I should explain** : *j'ai pensé que je devais expliquer.*

7. **widower** : *veuf,* formé sur le féminin **window**, *veuve,* ce qui constitue une exception en anglais, qui s'explique par le fait que l'état de veuve est plus fréquent que celui de veuf.

8. **dreadful** : *affreux, atroce, horrible, épouvantable.*

9. **hoarse** : *ranque, enroué.*

10. **guess** : pour **I guess,** *je pense* (que tu croyais l'être).

11. **gaze** : *regard fixe.* **To gaze at something/someone**, *regarder fixement, fixer.*

Mais ce fut l'horreur de retrouver Norma vivante qui acheva de l'anéantir. Il lui avait injecté une dose d'épinéphrine suffisante pour tuer n'importe qui... Etait-elle indestructible ? Il avait les jambes en coton. Il essaya de se raccrocher à une explication qui lui permît de surmonter son affreux désarroi.

Les yeux noirs de Norma le fixaient d'un regard sardonique.

— J'ai téléphoné à cette pauvre petite en pensant qu'elle méritait quelques explications. Il n'y a rien à lui reprocher, bien sûr. Ainsi tu as utilisé un nom d'emprunt ? Tu lui as dit que tu étais veuf !

Elle rit de son rire enroué, qui avait quelque chose de sinistre et de caricatural.

— Tu devais te dire que tu l'étais... ou presque.

Son regard se porta sur Frances, pâle et immobile.

— Il a essayé à trois reprises. Il a commencé par trafiquer les freins de la voiture. Ensuite il a mis le feu à la maison. Et maintenant, l'épinéphrine. Il s'en est donné, du mal, pour vous avoir, vous devriez en être flattée.

Harry Lund se tourna brusquement vers Frances. Sans qu'il puisse les contrôler, les mots jaillirent de sa bouche.

— Frances, écoutez-moi. Ecoutez, je vous en prie. Ce n'est pas vrai. Je n'ai pas...

Le mépris glacial qu'il lut dans ses yeux l'empêcha de continuer. Il y eut un moment de silence, aussi terrible pour lui que l'explosion d'une bombe. Frances lui tourna le dos et se dirigea vers le téléphone.

Sa voix déchira le silence et sembla envahir la pièce.

— La police. Passez-moi la police.

Puis :

— Venez vite. Il vient d'y avoir une tentative de meurtre à...

---

12. to fix peut avoir le sens de *réparer, arranger* a aussi, comme ici, celui de *trafiquer, truquer, soudoyer, acheter* (quelqu'un). **1. To fix a watch**, *réparer une montre,* mais **to fix an election**, *truquer une élection.*

13. to spill out : *se répandre, se déverser.*

14. to check : 1. *contrôler, vérifier.* 2. *maîtriser, enrayer, arrêter.*

15. bomb : attention à la prononciation, le **b** final n'est pas prononcé [bɒm] ; de même pour le prétérit : **the town was bombed** [bɒmd], *la ville a été bombardée.*

16. to surge : *s'enfler ;* (marée, etc.) *déferler.*

Despair brought Harry Lund absolute clarity. He saw, in all its truth, how pitifully bungled[1] had been his great design. He had lost his car, his house, and now he had lost his girl. The police inevitably would trace the damning[2] connection between the three "accidents." Norma was there as a living testimony[3] against him and, with tormenting irony, Frances would be her witness[4].

His predicament[5] was without remedy. Somehow[6], its enormity destroyed in him the worm[7] of fear. His plan had been a magnificent[8] failure. Perhaps that was what his destiny had always been. A magnificent failure. Hadn't all the outstanding[9] figures of tragedy been overwhelmed[10] in the closing scene?

The actor in him rose to its greatest moment[11]. Frances would see him, at least once, as he really was. He felt exalted, high above the pettiness[12] of Harry Lund, druggist. His hand moved to his pocket and closed around the cyanide capsule.

He walked nonchalantly to the bathroom, entered it, and locked the door.

Norma Lund bustled cheerfully around the drug-store, which was now entirely her own. Although she had been bored[13] with her husband for years, some vestige of pity for him still remained. But Norma was a sensible[14] woman with little sympathy for a fool. And that had been Harry's trouble[15]. He had always been a fool.

---

1. to bungle : *s'y prendre mal, faire les choses n'importe comment, gâcher, bousiller, saboter* (un travail).

2. damning : *accablant, qui condamne. Cf.* **damning evidence,** *preuve(s) accablantes.*

3. testimony : *témoignage.*

4. witness : *témoin.* Attention : le verbe **to witness** signifie *être témoin de quelque chose,* au sens d'*assister à* ; *témoigner* au sens de *porter témoignage* se dit **to testify, to bear testimony.**

5. predicament : *situation difficile.*

6. somehow : *d'une certaine façon, en quelque sorte.*

7. worm : *ver. Cf. être rongé par ma peur.*

8. magnificent : *magnifique, splendide.*

9. outstanding : *remarquer, exceptionnel.*

Le désespoir rendit Harry Lund pleinement lucide. Il vit dans toute son étendue le fiasco lamentable de son grand projet : il avait perdu sa voiture, sa maison, et voilà qu'il perdait la fille qu'il aimait. La police ne manquerait pas d'établir un rapport sans appel entre les trois « accidents ». Norma était la preuve vivante de sa culpabilité et,suprême ironie, elle pouvait prendre Frances à témoin.

Sa situation était désespérée. L'énormité même de la catastrophe abolissait en lui tout sentiment de peur. Son plan avait connu un échec éclatant. Peut-être était-ce là son destin depuis toujours. Un échec éclatant. Tous les grands personnages tragiques ne succombaient-ils pas à un sort injuste au cours de la scène finale ?

L'acteur qui était en lui reconnut son meilleur rôle. Frances allait le voir, cette fois au moins, tel qu'il était vraiment. Son exaltation lui faisait transcender la médiocrité d'Harry Lund, le pharmacien. Sa main se porta à sa poche et se referma sur la capsule de cyanure.

Il se dirigea avec nonchalance vers la salle de bains, y pénétra et referma la porte.

Norma Lund s'activait gaiement dans la pharmacie qui était maintenant entièrement à elle. Bien qu'elle l'eût considéré comme fort ennuyeux depuis des années, elle avait encore pour son mari un reste de pitié. Mais Norma était une femme sensée, peu portée à s'attendrir sur un imbécile. Et c'était bien le problème d'Harry : il s'était toujours comporté en imbécile.

---

10. overwhelmed : *cf.* **to be overwhelmed by the enemy, with grief**, *être submergé par l'ennemi, par le chagrin*.

11. rose to its greatest moment, *se montra à la hauteur de son plus grand moment. Cf.* **to rise to the occasion**, *être à la hauteur de la situation, se montrer digne de l'évènement*.

12. pettiness : *mesquinerie, insignifiance*.

13. to bore : *ennuyer, assommer, raser*. **To be bored stiff/bored to death**, *s'ennuyer à mourir*. **A bore** : *un importun, un casse-pieds, un raseur*.

14. sensible : faux ami qui signifie *sensé, raisonnable, de bon sens*. Le français *sensible* se traduit par **sensitive** en anglais.

15. m. à m. : *ça avait été le problème de Harry*.

True, she'd had her own moments of folly[1]. She had only realized that her husband had fixed the brakes a few seconds before the car had toppled over the ravine. Her foolishness[2] had almost cost her her life then. But, once she knew[3] he had tried to kill her and would almost certainly try again, she had made no mistake.

She had rather enjoyed lying in bed, bullying[4] him and keeping him from seeing that girl. It served him right. Later, when she had tasted the sleeping draught[5] in the hot milk, it had been simple to take amphetamine as an antidote in the bathroom. While she pretended[6] sleep she had watched and almost admired Harry's device of the candle and the saturated moss. She had felt a certain pleasure in seeing his house[7] burn, too.

Perhaps she should have gone to the police then. It had been a risk, she supposed, to carry the farce on longer. But, because Harry was a fool, it had not been a dangerous one. The first sham[8] heart attack, artificially induced by digitalis, had fooled even Dr. Peterson. The second attack, which had been sheer[9] acting[10] coupled with the planted[11] props[12] of the hypodermic and the epinephrine ampoules filled with sterile water, had seemed to her too obvious a trap even for Harry. But he had lumbered[13] into it like an ox[14] and provided enough evidence[15] to convict[16] him a dozen times over[17].

---

1. **folly** : *folie* au sens de comportement stupide, manque de bon sens.

2. **foolishness** : *bêtise, sottise.*

3. **once she knew** : *une fois qu'elle sut.*

4. **to bully** : *malmener, brutaliser, tyranniser, persécuter.* **A bully**, *une brute, un tyran.*

5. **draught**, prononciation [drɑːft] : ici, le sens est *potion, breuvage.* **Sleeping draught**, *cf.* **sleeping pill**, (pilule) *somnifère.*

6. **to pretend** : *feindre, simuler, faire semblant* (de), *faire mine de.*

7. **his house** : *sa maison* (à lui). Pour éviter l'ambiguïté, la production précise qu'il s'agit de la maison de son mari.

8. **sham** : *faux, fictif, feint, simulé.*

9. **sheer** : *pur, pur et simple, absolu.*

10. **acting** : 1. *fait d'agir.* 2. *fait de jouer un rôle, de simuler.*

Certes, elle avait elle-même ses moments d'aveuglement. Elle n'avait découvert que son mari avait saboté les freins que quelques secondes avant que la voiture ne bascule dans le ravin. Sa sottise avait alors failli lui coûter la vie. Mais quand elle avait compris qu'il avait essayé de la tuer et essaierait certainement à nouveau, elle n'avait plus commis d'erreur.

Elle avait trouvé plutôt agréable de rester au lit, en le rudoyant et en l'empêchant de voir cette fille ; c'était bien fait pour lui. Plus tard, quand elle avait senti le goût du somnifère dans le lait chaud, il lui avait été facile d'aller dans la salle de bains prendre de l'amphétamine en guise d'antidote. Tout en faisant semblant de dormir, elle avait observé et presque admiré le stratagème inventé par Harry de la bougie et de la mousse imbibée d'essence. Elle avait également pris un plaisir certain à voir brûler la maison de son mari.

Peut-être aurait-elle dû prévenir la police à ce moment-là. Cela avait probablement été risqué de prolonger la plaisanterie. Mais vu l'imbécillité de son mari, le danger n'était pas bien grand.

Sa première crise cardiaque, artificiellement provoquée par de la digitaline, avait trompé le docteur Peterson lui-même. La seconde attaque, entièrement simulée, avec, en guise d'accessoires, la seringue hypodermique et les ampoules d'épinéphrine contenant de l'eau distillée, lui avait paru un piège trop grossier même pour son mari. Mais il y était tombé tête baissée et avait laissé assez de preuves pour le faire condamner douze fois plutôt qu'une.

---

11. to plant : *déposer de fausses preuves pour incriminer quelqu'un.* **The cops planted dope in his room and then arrested him**, *les flics ont planqué de la drogue chez lui et l'ont ensuite arrêté.*

12. props : *accessoires, accessoires de théâtre.*

13. to lumber : *marcher pesamment, d'un pas lourd.*

14. like an ox, *comme un bœuf* (pl. **oxen**).

15. evidence : ce collectif singulier est souvent traduit par le pluriel français, *preuves. Une preuve,* **a piece of evidence**.

16. to convict : *déclarer/reconnaître coupable d'un crime.* **A convict**, *un détenu, un prisonnier.*

17. over : indique ici la répétition.

Mrs. Grant came into the store for a toothbrush and a bottle of mouthwash[1]. She greeted[2] Norma warmly. Since Harry's suicide, everyone had been particularly kind.

While she reached for[3] the mouthwash, Norma was wondering whether Harry would have killed himself if Frances had not been present during those final moments of his humiliation. Perhaps, by introducing Frances, she had in a way turned from murderee[4] to murderer.

But it was foolish to speculate. Things had gone well for her.

Mrs. Grant was saying: "It's really wonderful the way you manage to run this place all by yourself."

"I do my best." Norma Lund briskly[5] wrapped up the mouthwash. "But sometimes it's hard for a woman all on her own..."

---

1. **mouthwash** : *bain de bouche, gargarisme.*

2. **to greet** : *accueillir, saluer.*

1. **greeting**, *salut, salutation ;* **greetings**, *compliments, salutations.* **My brother sends you his greeting**, *mon frère vous envoie son bon souvenir.*

3. **to reach for** : ici, *tendre la main pour prendre.*

4. **murderee** : *personne assassinée. Cf. payer, payeur,* **payee**, *bénéficiaire ;* **sender**, *expéditeur,* **sendee**, *destinataire, etc.*

5. **briskly** : *vivement, brusquement.* Formé sur l'adjectif **brisk** : *vif, rapide;* **to walk at a brisk pace**, *marcher d'un pas rapide/d'un bon pas ; vigoureux, actif;* **brisk sales**, *des vents soutenues,* **a brisk market**, *un marché actif;* (air) *vif, frais, vivifiant.*

Mme Grant entra dans la pharmacie pour acheter une brosse à dents et un flacon de collutoire. Elle salua Norma très cordialement. Depuis le suicide d'Harry, tout le monde était particulièrement gentil.

Tout en prenant le dentifrice sur une étagère, Norma se demandait si Harry se serait suicidé si Frances n'avait pas assisté au dernier acte de son humiliation. En s'assurant la présence de la jeune fille, peut-être s'était-elle en quelque sorte transformée de victime en assassin.

Mais il était vain d'épiloguer. Tout s'était bien passé pour elle.

Mme Grant était en train de dire :

— C'est vraiment merveilleux, la façon dont vous réussissez à tenir cette boutique toute seule.

— Je fais de mon mieux. (Norma emballa prestement le collutoire.) Mais ce n'est pas toujours facile pour une femme seule...

ROBERT BLOCH

A Home Away From Home

Une maison bien accueillante

The train was late, and it must have been[1] past nine o'clock when Natalie found herself standing[2], all alone, on the platform before Hightower Station.

The station itself was obviously closed for the night – it was only a way-stop, really, for there was no town here[3] – and Natalie wasn't quite sure what to do. She had taken it for granted[4] that Dr. Bracegirdle would be on hand[5] to meet her. Before leaving London, she'd sent her uncle a wire giving him the time of her arrival. But since the train had been delayed[6], perhaps he'd come and gone.

Natalie glanced[7] around uncertainly, then noticed[8] the phone booth[9] which provided[10] her with a solution. Dr. Bracegirdle's last letter was in her purse[11], and it contained both his address and his phone number. She had fumbled[12] through her bag and found it by the time she walked over to the booth.

Ringing him up proved a bit of a problem: there seemed to be an interminable delay[13] before the operator made the connection, and there was a great deal of buzzing[14] on the line. A glimpse[15] of the hills beyond the station, through the glass wall of the booth, suggested the reason for the difficulty. After all, Natalie reminded herself, this was West Country. Conditions might be[16] a bit primitive.

"Hello, hello!"

The woman's voice came over the line, fairly[17] shouting above the din.

---

1. **it must have been** : **must** n'ayant pas de prétérit, l'indication du passé se fait par l'infinitif passé **have been**.

2. **standing** de **to stand**, **stood**, **stood**, *être debout*. L'anglais emploie spontanément un verbe indiquant la position ou le mouvement, alors que le français se contente du verbe être.

3. m. à m. *car il n'y avait pas de ville ici.*

4. **to take something for granted** : *considérer quelque chose comme acquis, comme allant de soi.*

5. **on hand** : *sur place, disponible.*

6. **to delay** : *retarder ; différer.* **I've been delayed,** *j'ai été retardé(e), retenu(e).*

7. **to glance** (**at something**) : *jeter un coup d'œil (à), lancer un regard à.*

8. **to notice** : *remarquer* (au sens de *voir*) *; remarquer* (faire une remarque) : **to remark.**

Le train avait du retard, et il devait être plus de neuf heures quand Natalie se retourna, toute seule, sur le quai de la gare de Hightower.

La gare elle-même était visiblement fermé pour la nuit – il s'agissait en fait d'une simple halte, car elle ne se trouvait pas dans une agglomération – et Natalie ne savait pas quoi faire.

Elle s'était attendue à ce que le docteur Bracegirdle soit là pour l'accueillir. Avant de quitter Londres, elle avait envoyé à son oncle un télégramme lui indiquant l'heure à laquelle elle arriverait. Mais comme le train était en retard, peut être était-il venu et reparti.

Natalie jeta autour d'elle un regard indécis, et aperçut la cabine téléphonique : c'était cela la solution. Elle avait dans son sac la dernière lettre du docteur Bracegirdle, dans laquelle il donnait à la fois son adresse et son numéro de téléphone. Fouillant dans son sac, elle l'avait trouvée le temps de marcher jusqu'à la cabine.

Lui téléphoner ne fut pas une mince entreprise. L'attente lui parut interminable avant que la standardiste obtienne la communication, et il y avait beaucoup de friture sur la ligne. La vue qu'elle avait des collines au-delà de la gare, à travers la paroi vitrée de la cabine, suggérait l'explication de ces difficultés. Après tout, se dit Natalie, on était dans l'ouest. Les conditions de vie devaient être un peu primitives.

— Allô allô !

Une voix de femme se fit entendre sur la ligne, forcée de hurler pour couvrir le vacarme.

---

9. **booth** : *cabine ; baraque* (foraine) ; **voting booth**, *isoloir.*

10. **to provide** : *fournir.*

11. **purse** : *porte monnaie, bourse, portefeuille.*

12. **to fumble** : *fouiller, tâtonner, manier maladroitement, cafouiller.* **To fumble for words**, *chercher ses mots.*

13. **delay** : *retard. Délai* : **time-limit, lead time**. *Un bref délai,* **at short notice**. *Respecter/honorer un délai,* **to meet a deadline**.

14. **to buzz** : *bourdonner.* **To give someone a buzz**, *donner/passer un coup de fil à quelqu'un.*

15. **glimpse** : *aperçu, vue/vision rapide.* **To catch a glimpse of something**, *apercevoir, entrevoir* (brièvement).

16. m. à m. *pouvaient être, étaient peut-être.*

17. **fairly** : *assez, plutôt* ; (devant verbe) *carrément.*

There was no buzzing noise now, and the sound in the background[1] suggested a babble[2] of voices all intermingled. Natalie bent forward and spoke directly and distinctly into the mouthpiece[3].

"This is Natalie Rivers," she said. "Is Dr. Bracegirdle there?"

"Who did you say was calling[4]?"

"Natalie Rivers. I'm his niece."

"His what, Miss?"

"Niece," Natalie repeated. "May I speak to him, please?"

"Just a moment."

There was a pause, during which the sound of voices in the background seemed amplified, and then Natalie heard the resonant masculine tones[5], so much easier to separate from the indistinct murmuring[6].

"Dr. Bracegirdle here. My dear Natalie, this is an unexpected pleasure[7]!"

"Unexpected? But I sent you a 'gram[8] from London this afternoon." Natalie checked[9] herself as she realized the slight edge[10] of impatience which had crept[11] into her voice. "Didn't it arrive?"

"I'm afraid service is not of the best around here," Dr. Bracegirdle told her, with an apologetic[12] chuckle[13]. "No, your wire[14] didn't arrive. But apparently you did[15]." He chuckled again.

---

1. **background** : 1. *fond, arrière plan,* (visuel, sonore). 2. *contexte.*

2. **babble** : *babil, babillage ; brouhaha.* **To babble**, *babiller, jaser, gazouiller, bredouiller, bafouiller.*

3. **mouthpiece** : *embouchure* (d'instrument de musique); pour un téléphone, désigne dans le combiné, *le microphone,* par opposition à *l'écouteur.*

4. **who did you say was calling** : m. à m. *qui avez-vous dit était en train d'appeler ?*

5. **tone** : *ton, tonalité, sonorité.*

6. m. à m. *les murmures indistincts.*

7. m. à m. *plaisir inattendu.*

8. **'gram** : abréviation de **télégram(me)**.

Le grésillement avait cessé sur la ligne, et le bruit de fond semblait être un brouhaha de voix entremêlées. Natalie se pencha pour parler de plus près dans l'appareil et dit en articulant distinctement :

— Ici Natalie Rivers. Le docteur Bracegirdle est-il là ?

— Qui est à l'appareil ?

— Natalie Rivers. Je suis sa nièce.

— Sa quoi, mademoiselle ?

— Sa nièce répéta Natalie. Puis-je lui parler, s'il vous plaît ?

— Un instant.

Il y eut un silence, pendant lequel le brouhaha des conversations parut s'amplifier, et Natalie entendit résonner une voix masculine, beaucoup plus facile à distinguer de la rumeur ambiante.

— Docteur Bracegirdle à l'appareil. Ma chère Natalie, voici une heureuse surprise !

— Surprise ? Mais je vous ai envoyé un télégramme depuis Londres cet après-midi. (Natalie se contrôla en se rendant compte de la légère note d'irritation qui perçait dans sa voix.) Vous ne l'aurez pas reçu ?

— J'ai bien peur que les services postaux ne soient pas des plus efficaces par ici, lui répondit le docteur avec un petit rire d'excuse. Non, votre dépêche n'est pas arrivée. Mais vous, si, apparemment.

Il émit un nouveau gloussement.

---

9. **to check** : 1. *vérifier, contrôler.* 2. (bagages) *enregistrer.* 3. *arrêter, maîtriser, réprimer.* **To check in** (**hotel**) : *arriver,* (aéroport) *se présenter à l'enregistrement ;* **to check out** : (hôtel) *partir* (en réglant la note).

10. **edge** : 1. *bord, côté.* 2. *lame, tranchant.* **To be on edge**, *être énervé, à cran.* **To have the edge on**, *avoir un léger avantage sur.*

11. **crept** : de **to creep**, **crept**, **crept**, *ramper ; se mouvoir lentement et silencieusement ;* (impression, sentiment) *se faire sentir progressivement.*

12. **apologetic**, adjectif formé sur **apology**, *excuse.* **To apologize**, *s'excuser.*

13. **chuckle** : *gloussement.* **To chuckle**, *glousser.*

14. **wire** : 1. *fil métallique* ou *électrique.* 2. (US) *télégramme.*

15. **you did** : **did** reprend et remplace **arrive** (dans **didn't arrive**).

"Where are you, my dear?"
"At Hightower Station."
"Oh, dear[1]. It's exactly the opposite direction."
"Opposite direction?"
"From Peterby's. They rang me up just before you called. Some silly[2] nonsense[3] about an appendix[4] – probably nothing but an upset stomach[5]. But I promised[6] to stop round directly[7], just in case."
"Don't tell me they still call you for general practice[8]?"
"Emergencies, my dear. There aren't many physicians[9] in these parts. Fortunately, there aren't many patients, either." Dr. Bracegirdle started to chuckle, then sobered[10]. "Look now. You say you're at the station. I'll just send Miss Plummer down to fetch you in the wagon[11]. Have you much luggage?"
"Only my travel case[12]. The rest is coming with the household goods[13], by boat."
"Boat?"
"Didn't I mention it when I wrote?"
"Yes, that's right, you did. Well, no matter[14]. Miss Plummer will be along for you directly."
"I'll be waiting in front of the platform."
"What was that[15]? Speak up, I can hardly hear you."
"I said I'll be waiting in front of the platform."

---

1. **oh, dear** : *oh là là, oh mon Dieu !* indique l'étonnement ou la déception.

2. **silly** : *stupide, bête, idiot, imbécile, ridicule.*

3. **nonsense** : *absurdités, idioties.*

4. **appendix** : *appendice.* **To have one's appendix out**, *se faire opérer de l'appendicite.* **Appendicitis**, *appendicite.*

5. **upset stomach** : *estomac dérangé.* **To upset, upset, upset** ; 1. *renverser.* 2. *bouleverser, contrarier.*

6. **to promise** : attention à la prononciation : ['prɒmɪs].

7. **directly** : signifie *directement,* mais aussi *rapidement, tout de suite.*

8. **general practice** : *cf.* **G. P., general practitioner**, *médecine généraliste.*

— Où êtes-vous, ma chère ?
— A la gare de Hightower.
— Oh là là ! C'est exactement dans la direction opposée.
— Opposée à quoi ?
— A Peterbery. On vient de me téléphoner juste avant votre appel. Je ne sais quelle histoire d'appendicite, en fait probablement une indigestion. Mais j'ai promis d'y aller tout de suite, on ne sait jamais.
— Ne me dites pas qu'on vous appelle encore pour de la médecine générale ?
— Les urgences, ma chère. Il n'y a pas beaucoup de médecins par ici. Heureusement, il n'y a pas beaucoup de malades non plus.
Le docteur Bracegirdle commença à glousser puis redevint sérieux.
— Bon, voyons. Vous dites que vous êtes à la gare. Je vais tout simplement envoyer Mlle Plummer vous chercher avec le break. Est-ce que vous avez beaucoup de bagages ?
— Juste mon sac de voyage. Le reste arrivera avec mes meubles, par bateau.
— Par bateau ?
— Je ne l'ai pas signalé dans ma lettre ?
— Si, vous l'avez fait, c'est vrai. Bon, ça n'a pas d'importance. Mlle Plummer part vous chercher tout de suite.
— J'attendrai en face du quai.
— Comment ? Parlez plus fort, je vous entends à peine.
— Je disais que j'attendrais en face du quai.

---

9. **physician** : *médecin. Physicien* se dit **physicist**.
10. **to sober (up)** : *(se) dégriser, (se) calmer.*
11. **wagon** pour **station wagon** : (US) **break**. L'anglais britannique l'appelle aussi **estate car**.
12. **case** : *valise.*
13. **household goods** : *appareils ménagers, meubles et ustensiles de ménage.*
Household : *maison, maisonnée, ménage.*
Household consumption, *consommation des ménages.*
14. **no matter : it does not matter**.
15. m. à m. *qu'était cela ?* **That** revoie à ce qui précède.

"Oh." Dr. Bracegirdle chuckled again. "Bit of a party[1] going on here."

"Shan't I be intruding? I mean, since you weren't expecting me..."

"Not at all! They'll be leaving before long. You wait[2] for Plummer."

The phone clicked off[3] and Natalie returned to the platform. In a surprisingly short time, the station wagon appeared and skidded off the road[4] to halt at the very edge of the tracks. A tall, thin, grey-haired woman, wearing a somewhat rumpled white uniform, emerged and beckoned[5] to Natalie.

"Come along[6], my dear," she called. "Here, I'll just pop[7] this in back." Scooping[8] up the bag, she tossed[9] it into the rear of the wagon. "Now, in with you – and off we go[10]!"

Scarcely waiting for Natalie to close the door after her, Miss Plummer gunned[11] the motor and the car plunged back onto the road.

The speedometer immediately shot up to seventy[12], and Natalie flinched[13]. Miss Plummer noticed her agitation at once.

"Sorry," she said. "With Doctor out on call, I can't be away too long."

"Oh, yes, the houseguests. He told me."

"Did he now[14]?" Miss Plummer took a sharp turn at a crossroads and the tires screeched in protest, but to no avail[15].

---

1. **bit of a party** : **a bit of a party**, familier pour **quite a party**. **A bit of**, *un peu de ;* **party**, *réception, soirée, fête, célébration.*

2. **you wait** : familier, mais moins impératif que « **wait for Plummer** ».

3. **clicked off** : la postposition **off** indique l'action principale (*raccrocher, mettre un terme à la communication*), le verbe **to click** indique le bruit correspondant. **To click** : *faire un bruit sec, cliqueter.*

4. **skidded off the road** : la préposition indique le mouvement principal (quitter la route), **to skid** indique la manière (en dérapant). **To skid**, *déraper, glisser.*

5. **to beckon** : *faire signe de la main* ou du *bras*, en général pour demander à quelqu'un de s'approcher ou de suivre.

6. **come along** : sur un ton amical, signifie « *allez, venez* » ; sur un ton impatient, signifierait « *allons, dépêchez-vous !* ».

7. **to pop** : *mettre d'un geste rapide.*

— Oh. (Le docteur Bracegirdle glousse à nouveau.) C'est la fête ici.

— Est-ce que je ne vais pas déranger ? Je veux dire, comme vous ne m'attendiez pas...

— Pas du tout. Ils ne vont pas tarder à s'en aller. Attendez mademoiselle Plummer.

Elle l'entendit raccrocher et elle regagna le quai. Au bout d'un temps étonnamment court, le break apparut et quitta la route en dérapant pour s'arrêter au ras des voies. Une grande femme mince aux cheveux gris, vêtue d'un uniforme blanc quelque peu froissé, en sortit et fit signe à Natalie.

— Venez, ma chère, lui lança-t-elle.

— Donnez. Je vais mettre ça derrière.

Saisissant le sac, elle le balança à l'arrière du break.

— Allez y, montez ! En route !

Laissant à peine à Natalie le temps de fermer sa portière, Mlle Plummer donna un grand coup d'accélérateur et la voiture fit une embardée pour se retrouver sur la route.

Le compteur grimpa tout de suite à 110, et Natalie se sentit défaillir. Mlle Plummer remarqua aussitôt sa nervosité.

— Désolée, dit-elle. Comme le docteur est parti en visite, je ne peux pas rester absente trop longtemps.

— Ah oui, les visites. Il m'en a parlé.

— Ah bon, il vous a dit ?

Miss Plummer vira sèchement à un carrefour, indifférente au crissement des pneus.

---

8. **to scoop** : *s'emparer de, ramasser.*

9. **to toss** : *lancer, jeter.* **To toss a coin,** *jouer à pile ou face* (en lançant une pièce). *Cf.* **to win the toss,** *gagner à pile ou face.*

10. **off we go** : *nous voilà partis.*

11. **to gun** : 1. (**to gun down**) *abattre* (quelqu'un). 2. **to gun it**, *appuyer sur le champignon,* **to gun the engine,** *faire renforcer le moteur.*

12. **shot up to seventy** : **to shoot, shot, shot,** *tirer avec une arme à feu ;* suivi de **up**, indique *un mouvement rapide vers le haut,* ou *un jaillissement.* **Seventy** : *soixante dix miles,* c'est-à-dire environ 110 km (**1 mile** = 1603,33 mètres).

13. **to flinch** : *bronches, tressaillir, reculer* (devant une tâche).

14. **did he now** : **did** reprend **told**. Quand il n'a pas son sens temporal (maintenant), **now** peut signifier *Ah bon, Eh bien, allons, etc.*

15. **to no avail** : *sans résultat, en vain, en pure perte.*

Natalie decided to drown[1] apprehension in conversation.

"What sort of man is my uncle?" she asked.

"Have you never met him[2]?"

"No. My parents moved[3] to Australia when I was quite young. This is my first trip to England. In fact, it's the first time I've left Canberra[4]."

"Folks[5] with you?"

"They were in a motor smashup[6] two months ago," Natalie said. "Didn't the Doctor tell you?"

"I'm afraid not[7] – you see, I haven't been with him very long." Miss Plummer uttered a short bark, and the car swerved[8] wildly[9] across the road. "Motor smashup, eh? Some people have no business behind the wheel[10]. That's what Doctor[11] says."

She turned and peered[12] at Natalie. "I take it[13] you've come to stay, then?"

"Yes, of course. He wrote me when he was appointed[14] my guardian[15]. That's why I was wondering what he might be like. It's so hard to tell from letters." The thin-faced woman nodded silently, but Natalie had an urge to confide. "To tell the truth, I'm just a little bit edgy. I mean, I've never met a psychiatrist[16] before."

"Haven't you, now?" Miss Plummer shrugged. "You're quite fortunate. I've seen a few in my time[17].

---

1. **to drown** : *noyer.*

2. **have you never met him ?** : marque davantage l'étonnement, en mettant l'accent sur **never**, que ne le ferait « **you have never met him ?** »

3. **to move** signifie aussi *déménager* (**to move out**) ; **to move in** : *emménager.*

4. **Canberra** : capital fédérale de l'Australie.

5. **folks** : *les gens,* signifie aussi *les parents.* **My folks**, *mes parents, « mes vieux ».*

6. **smashup** de **to smash** (**up**), *casser, démolir, bousiller.*

7. **I'm afraid not,** *je crains que non, j'ai peur que non.*

8. **to swerve** : *faire un écart, un embardée, donner un coup de volant.*

9. **wildly** : *violemment, furieusement, follement.* De l'adjectif **wild** dont le sens va de *sauvage, farouche,* à *furieux, violent, fou.*

10. m. à m. *n'ont rien à faire derrière le volant.*

Natalie décida de chasser son appréhension en bavardant.

— Quel sorte d'homme est mon oncle ? demanda-t-elle.

— Vous ne l'avez jamais rencontré ?

— Non. Mes parents sont partis pour l'Australie quand j'étais très jeune. C'est la première fois que je viens en Angleterre. En fait, c'est la première fois que je quitte Canberra.

— Vos parents sont avec vous ?

— Ils ont eu un accident de voiture il y a deux mois, répondit Natalie. Le docteur ne vous l'a pas dit ?

— Ma foi, non. Voyez-vous, il n'y a pas longtemps que je travaille chez lui.

Mademoiselle émit un grognement bref, et la voiture fit un violent écart vers l'autre côté de la route.

— Accident de voiture, hein ? Y en a qui ne devraient jamais toucher à un volant. C'est ce que dit le docteur.

Elle tourna la tête pour dévisager Natalie :

— Si je comprends bien, vous êtes venue vous installer ici, alors.

— Oui, en effet. Mon oncle m'a écrit quand il est devenu mon tuteur. C'est pourquoi je me demandais comment il était. C'est tellement difficile de se faire une idée d'après ses lettres.

La femme au visage mince opina en silence, mais Natalie avait besoin de se confier :

— A vrai dire, je suis un peu nerveuse. Vous savez, c'est la première fois que je vais rencontrer un psychiatre.

— La première fois, dites-vous ? (Mais Plummer eut un haussement d'épaules.) Vous avez bien de la chance. Moi, j'en ai vu quelques-uns.

---

11. **Doctor** : à la fois plus familier et plus respectueux que **the doctor**, qui serait impersonnel.

12. **to peer** : *regarder attentivement* souvent avec un regard interrogateur, dubitatif ou inquiet.

13. **I take it** : *je suppose, j'imagine.*

14. **to appoint** : *nommer* (à un poste). Le nom **appointment** signifie *nomination,* mais aussi *rendez-vous* (médical, affaires).

15. **guardian** : attention, le **u** n'est pas prononcé.

16. **psychiatrist** : comme dans tous les mots commençant par **psy–**, le **p** n'est pas prononcé.

17. **in my time** : *au cours de ma vie ; à mon époque.*

A bit on the know-it-all side[1], if you ask me. Though I must say, Dr. Bracegirdle is one of the best. Permissive[2], you know."

"I understand[3] he has quite a practice."

"There's no lack of patients for *that* sort of thing," Miss Plummer observed. "Particularly amongst the well-to-do[4]. I'd say[5] your uncle has done himself handsomely[6]. The house and all – but you'll see." Once again the wagon whirled[7] into a sickening[8] swerve[9] and sped[10] forward between the imposing gates of a huge driveway which led toward an enormous house set amid a grove[11] of trees in the distance. Through the shuttered windows Natalie caught sight of a faint beam of light[12] – just enough to help reveal[13] the ornate[14] facade of her uncle's home.

"Oh, dear," she muttered, half to herself.

"What is it?"

"The guests – and it's Saturday night. And here I am, all mussed[15] from travel."

"Don't give it another thought[16]," Miss Plummer assured her. "There's no formality here. That's what Doctor told me when I came. It's a home away from home[17]."

Miss Plummer barked and braked simultaneously, and the station wagon came to an abrupt stop just behind an imposing black limousine.

"Out with you now!"

---

1. m. à m. *un peu du genre (du côté) (je) sais tout.*

2. **permissive** : *permissif, laxiste.*

3. **to understand, understood, understood** : *comprendre ;* peut comme ici avoir le sens de *croire comprendre* ;

I understand they parted, *je crois savoir qu'il se sont séparés, ils sont séparés si je ne me trompe.*

4. **the well-to-do** : (nom pluriel) *les riches, les gens aisés,* existe aussi comme adjectif : **well-to-do,** *riche, aisé(e).*

5. **I'd say = I would say,** *je dirais.*

6. **handsomely** : adverbe formé sur l'adjectif **handsome** : 1. *beau, élégant.* 2. (somme d'argent) *considérable, jolie.*

7. **to whirl** : *tourbillonner, tournoyer ;* indique un mouvement rapide.

8. **sickening** : *écœurant, qui soulève le cœur.* De **to sicken,** *rendre malade,* verbe lui-même formé sur **sick,** *malade.*

Des gens qui croient tout savoir, si vous voulez mon avis. Mais je dois dire que le docteur Bracegirdle est un des meilleurs. Très libéral, vous voyez.

— Je crois savoir qu'il a une nombreuse clientèle.

— C'est pas ce genre de malades qui manquent, remarqua Mlle Plummer. Particulièrement parmi les gens aisés. Votre oncle s'est bien débrouillé. La maison et tout le reste... Mais vous allez voir vous-même.

Une fois de plus la voiture vira sur les chapeaux de roues pour franchir à vive allure les grilles imposantes d'une vaste allée tout au bout de laquelle se dressait une maison monumentale au milieu d'un bosquet. Une faible lumière filtrait à travers les fenêtres aux volets fermés, juste assez pour que Natalie puisse apercevoir la façade ouvragée de la demeure de son oncle.

— Oh, mon Dieu ! murmura-t-elle, comme pour elle-même.

— Qu'y a-t-il ?

— Les invités... En plus on est samedi soir. Et moi qui ne suis pas présentable après mon voyage.

— Ne vous en faites pas pour ça, la rassura Mlle Plummer. Ici on ne fait pas de façons. C'est ce que m'a dit le docteur à mon arrivée. On est en famille.

Mlle Plumer émit un grognement tout en freinant et le break s'immobilisa brutalement juste derrière une imposante limousine noire.

— Allez, on descend !

---

9. **swerve** : *écart, embardée.*

10. **to speed, sped, sped** : *aller vite, à toute vitesse.* **To be fined for speeding,** *avoir une contravention pour excès de vitesse.*

11. **grove** : *bosquet ;* **pine grove,** *pinède.*

12. m. à m. *aperçut un faible faisceau de lumière.*

13. m. à m. *juste assez pour permettre de révéler.*

14. **ornate** : (style, architecture) *orné, décoré.*

15. **mussed** : de **to muss**, (vêtements) *chiffonner,* (cheveux) *décoiffer, ébouriffer.*

16. m. à m. *N'y accordez pas une autre pensée.*

17. **a home away from home** : c'est-à-dire *une maison loin de chez soi où l'on se sent aussi bien que chez soi.*

With brisk[1] efficiency, Miss Plummer lifted the bag from the rear seat and carried it up the steps, beckoning Natalie forward[2] with a nod[3] over her shoulder. She halted at the door and fumbled for a key[4].

"No sense knocking," she said. "They'd never hear me."

As the door swung[5] open, her observation was amply confirmed. The background noise which Natalie had noted over the telephone now formed a formidable foreground[6]. She stood there, hesitant, as Miss Plummer swept[7] forward across the threshold.

"Come along, come along!"

Obediently, Natalie entered, and as Miss Plummer shut the door behind her, she blinked[8] with eyes unaccustomed to the brightness of the interior.

She found herself standing in a long, somewhat bare hallway. Directly ahead of her was a large staircase; at an angle between the railing[9] and the wall was a desk and chair. To her left was a dark paneled[10] door – evidently leading to Dr. Bracegirdle's private office, for a small brass plate was affixed to it, bearing his name. To her right was a huge open parlor, its windows heavily curtained[11] and shuttered[12] against the night. It was from here that the sounds of sociability echoed.

Natalie started down the hall toward the stairs. As she did so, she caught a glimpse of the parlor[13].

---

1. **brisk** : *vif, animé ; brusque ; rapide ;* (marché) *actif* ; **to walk at a brisk pace**, *marcher d'un bon pas.*

2. **forward** : *vers l'avant.*

3. **nod** : *signe d'acquiescement, d'accord, signe de tête indiquant l'approbation.*

4. **fumbled for a key** : la préposition **for** indique l'action (*chercher*), le verbe la manière (*en fouillant*).

5. **to swing, swung, swung** : *se balancer, osciller ; balancer, faire osciller.* Dans **to swing open**, c'est **open** qui indique le résultat de l'action, le verbe indiquant la manière.

6. **foreground** = *premier plan.*

D'un geste rapide et efficace, Mlle Plummer souleva le bagage du siège arrière et franchit les marches en le portant, faisant signe de la tête à Natalie pour l'engager à la suivre. Elle s'arrêta à la porte pour chercher une clé.

— Ça ne sert à rien de frapper, dit-elle. Ils ne m'entendraient jamais.

Comme la porte s'ouvrait sous sa poussée, son affirmation fut amplement confirmée. Le bruit de fond que Natalie avait remarqué au téléphone formait maintenant un véritable brouhaha. Elle hésita, immobile, alors que Mlle Plummer franchissait allégrement le seuil.

— Allons, venez, venez donc !

Natalie obéit et entra, et comme Mlle Plummer fermait la porte derrière elle, ses yeux clignotèrent en tentant de s'habituer à la vive clarté de l'intérieur.

Elle se trouvait dans un long hall, plutôt dépouillé. Droit devant elle se dressait un escalier massif. Dans l'angle entre la rampe et le mur, il y avait un bureau et une chaise. A sa gauche se trouvait une porte à panneaux foncés, qui ouvrait évidemment sur le bureau personnel du docteur Bracegirdle, comme l'indiquait la petite plaque de cuivre portant son nom qui y était fixé. A sa droite, elle voyait un immense salon ouvert dont les fenêtres à rideaux tirés et volets fermés le protégeaient de la nuit. C'était de là que provenaient les bruits d'échanges verbaux.

Natalie s'avança vers l'escalier. Au passage, son regard parcourut le salon.

---

7. **to sweep, swept, swept** : 1. *balayer.* 2. indique un mouvement rapide ou majestueux. **She swept into the room**, *elle fit une entrée majestueuse dans la pièce.*

8. **to blink** : *cligner des yeux, plisser les yeux, battre des paupières.*

9. **railing** : *grille, garde-fou, balustrade, rampe* (d'escalier).

10. **paneled :** orthographe US (GB **panelled**) ; *cf.* **panel(l)ing**, *boiseries, lambris.*

11. m. à m. *aux lourds rideaux.*

12. **shuttered** : adjectif formé sur le nom **shutter**, *volet.*

13. **parlor** : c'est l'orthographe US ; **parlour** en anglais britannique ; *cf.* **color** (US), **colour** (GB), etc.

Fully a dozen guests eddied[1] about a large table, talking and gesturing with the animation of close acquaintance[2] – with one another, and with the contents of the lavish[3] array[4] of bottles gracing the tabletop. A sudden whoop of laughter indicated that at least one guest had abused[5] the Doctor's hospitality.

Natalie passed the entry hastily, so as not to be observed, then glanced behind her to make sure that Miss Plummer was following with her bag. Miss Plummer was indeed following, but her hands were empty. And as Natalie reached the stairs, Miss Plummer shook[6] her head.

"You didn't mean to go up now, did you?" she murmured. "Come in and introduce yourself."

"I thought I might freshen up[7] a bit first."

"Let me go on ahead[8] and get your room in order. Doctor didn't give me notice[9], you know."

"Really, it's not necessary. I could do[10] with a wash –"

"Doctor should be back any moment now. Do wait[11] for him." Miss Plummer grasped Natalie's arm, and with the same speed and expedition she had bestowed[12] on driving, she steered[13] the girl forward into the lighted room.

"Here's Doctor's niece," she announced. "Miss Natalie Rivers, from Australia."

---

1. **to eddy** : *tournoyer, tourbillonner, faire des remous.* **An eddy**, *un tourbillon.*

2. **acquaintance** : *connaissance ; relation.* **To make someone's acquaintance**, *faire la connaissance de quelqu'un.* **Old acquaintances**, *de vieilles connaissances.*

3. **lavish** : *abondant, copieux, généreux, plantureux, somptueux ; prodigue.* *Cf.* **to spend lavishly**, *dépenser sans compter.*

4. **array** : *collection, ensemble, déploiement.*

In battle array, *en ordre de bataille.*

To array : *déployer, disposer, ranger.*

5. **to abuse** : 1. *abuser de* (suivi en anglais d'un complément direct, sans préposition). 2. *injurier, insulter.*

6. **to shake one's head (to shake, shook, shaken)**, *secouer, hocher la tête* (en signe de négation, de désaccord, par opposition à **to nod** qui indique l'acquiescement, l'accord).

Une bonne douzaine de pensionnaires se déplaçaient autour d'une grande table, discutant à grands gestes, avec animation et familiarité, et s'imprégnant du contenu d'une grande variété de bouteilles qui trônaient sur le dessus de table. Un gloussement soudain révélait qu'au moins l'un d'entre eux avait abusé de l'hospitalité du docteur.

Natalie dépassa rapidement l'entrée de la pièce, de manière à ne pas être vue, puis jeta un regard derrière elle pour s'assurer que Mlle Plummer la suivait bien avec sa valise. Mlle Plummer la suivait bien, mais ses mains était vides. Et alors que Natalie arrivait à l'escalier, Mlle Plummer secoua la tête.

— Vous n'aviez pas l'intention de monter tout de suite, n'est-ce pas ? murmura-t-elle. Venez vous présenter.

— Je pensais d'abord faire un brin de toilette.

— Je vais devoir préparer votre chambre. Le docteur ne m'a pas prévenue à l'avance, vous savez.

— Vraiment, ce n'est pas nécessaire ; j'aimerais bien me laver...

— Le docteur devrait être de retour sans tarder. Attendez-le donc.

Mlle Plummer saisit le bras de Natalie et, avec autant de vitesse et de détermination qu'elle en avait mises à conduire, elle fit avancer la jeune fille sous la lumière du salon.

— Je vous présente la nièce du docteur, dit-elle. Mlle Natalie Rivers, d'Australie.

---

7. **to freshen up** : *faire un brin de toilette, se faire une beauté ;* **to freshen**, (temps) *fraîchir, se rafraîchir.*

8. mot à mot *laissez-moi aller.* Rappel : **to let** est suivi d'un infinitif sans **to** ; permet de former l'impératif : **Let us go !** *Allons-y !*

9. **to give notice** : *prévenir à l'avance, donner un préavis. Cf.* **without notice**, *sans préavis, sans prévenir.*

10. **I could do with** : *ça ne me ferait pas de mal de..., j'aimerai bien avoir.* **I could do with some more money**, *un peu plus d'argent serait bienvenu.*

11. **do wait** : **Do** est ici la forme d'insistance. **I do like it**, *je l'aime vraiment.*

12. **to bestow** : *accorder, comparer ; conférer.*

13. **to steer** : *gouverner, barrer, guider, conduire.* **Steering wheel**, *volant* (d'une voiture).

Several heads turned in Natalie's direction, though Miss Plummer's voice had scarcely penetrated the general conversational din[1]. A short, jolly-looking[2] fat man bobbed[3] toward Natalie, waving a half-empty glass.

"All the way[4] from Australia, eh?" He extended his goblet. "You must be thirsty. Here, take this. I'll get another." And before Natalie could reply, he turned and plunged back into the group around the table.

"Major Hamilton[5]," Miss Plummer whispered. "A dear soul[6] really. Though I'm afraid he's just a wee bit[7] squiffy[8]."

As Miss Plummer moved away, Natalie glanced uncertainly at the glass in her hand. She was not quite sure where to dispose of[9] it.

"Allow me." A tall, grey-haired, and quite distinguished-looking man with a black mustache moved forward and took the stemware[10] from between her fingers.

"Thank you."

"Not at all. I'm afraid you'll have to excuse the major. The party spirit, you know." He nodded[11], indicating a woman in extreme décolletage chattering[12] animatedly to a group of three laughing men. "But since it's by way of being a farewell celebration..."

---

1. **din** : *vacarme, tapage, boucan.*

2. **jolly** : 1. *jovial, enjoué.* 2. *amusant, plaisant.* Employé comme adverbe, renforce l'adjectif qui le suit : **jolly good !** *Épatant, drôlement bon.*

3. **to bob** : 1. *danser* (sur l'eau). 2. *pendiller.* 3. *faire une petite révérence.*

4. **all the way** : insiste sur la longueur d'une distance, d'un parcours. **He drove all the way from New York to Chicago**, *il a conduit tout le long de la route de New York à Chicago.*

5. **Major Hamilton** : notez l'absence d'article devant les noms indiquant un grade ou un titre : (**colonel Watson**, **lord Righy**, **countess Butram**, etc.) quand ils sont suivis d'un nom propre.

6. **soul** = *âme.*

7. **a wee bit** : l'adjectif **wee**, d'origine écossaise, signifie *tout petit.* **Just a wee drop !** *Juste une (petite) goutte !*

Plusieurs têtes se tournèrent en direction de Natalie, bien que la voix de Mlle Plummer n'ait guère surmonté le brouhaha général des conversations. Un homme courtaud, à l'air jovial, se dandina vers Natalie, en agitant un verre à moitié vide.

— Vous venez vraiment d'Australie, hein ? (Il tendit son gobelet.) Vous devez avoir soif. Tenez, prenez ceci. Je vais en prendre un autre.

Avant que Natalie puisse répondre, il fit demi-tour pour replonger dans le groupe autour de la table.

— Le commandant Hamilton, chuchota Mlle Plummer. Quel cher homme, vraiment, bien que j'aie peur qu'il ne soit un peu éméché.

Comme Mlle Plummer s'éloignait, Natalie jeta un regard dubitatif au verre qu'elle avait à la main. Elle ne savait pas trop où s'en débarrasser.

— Permettez-moi…

Un homme grisonnant, de haute taille et d'allure très distinguée avec sa moustache noire, s'avança et enleva le verre d'entre ses doigts.

— Merci.

— De rien. Je crains qu'il ne faille excuser le commandant. L'atmosphère de la fête, vous savez.

Il fit un signe de tête en direction d'une femme très décolletée qui menait un bavardage animé avec un groupe de trois hommes hilares.

— Mais puisqu'il s'agit en quelque sorte d'une cérémonie d'adieu…

---

8. **squiffy** : *éméché, pompette, qui a du vent dans les voiles.*

9. **To dispose of something** : faux amis qui signifie *se débarrasser de, jeter. Disposer de* se dit **to have at one's disposal**, **to** (**be able to use**), ou tout simplement **to have**.

10. **stemware** : formé sur **stem**, *tige* (d'une plante), *queue* (d'un fruit), *pied* (d'un verre) et de **ware**, qui indique *une catégorie de marchandises* ou *d'articles* : **silverware**, *argenterie*, **kitchenware**, *ustensiles de cuisine.*

11. **to nod** : 1. *acquiescer, incliner la tête, saluer d'un signe de tête.* 2. *somnoler.*

12. **to chatter** : *bavarder, jacasser, jaser.* **A chatterbox** : *un moulin à paroles, une* (vraie) *pie* (personne bavarde).

"Ah, there you are[1]!" The short man whom Miss Plummer had identified as Major Hamilton bounced[2] back into orbit around Natalie, a fresh drink in his hand and a fresh[3] smile on his ruddy face. "I'm back again," he announced. "Just like a boomerang, eh?"

He laughed explosively, then paused? "I say, you *do* have[5] boomerangs in Australia? Saw quite a bit of you Aussies[6] at Gallipoli[7]. Of course that was some time ago, before *your* time[8], I daresay÷"

"Please, Major." The tall man smiled at Natalie. There was something reassuring about his presence, and something oddly familiar, too. Natalie wondered where she might have seen him before. She watched while he moved over to the major and removed the drink from his hand.

"Now see here –" the major sputtered[9].

"You've had enough, old boy. And it's almost time for you to go."

"One for the road –" The major glanced around, his hands waving in appeal. "Everyone *else* is drinking!" He made a lunge[10] for his glass, but the tall man evaded him. Smiling at Natalie over his shoulder, he drew the major to one side and began to mutter[11] to him earnestly[12] in low tones. The major nodded exaggeratedly, drunkenly.

Natalie looked around the room.

---

1. **there you are** s'emploie 1. lorsqu'on à trouvé quelqu'un que l'on cherchait (*cf.* Ah vous êtes là). 2. *lorsqu'on apporte/donne quelque chose à quelqu'un.*

2. **to bounce** : *rebondir; bondir.* Sens particulier dans le cas d'un chèque : *être sans provision.*

3. **fresh** : 1. *frais, récent.* 2. *nouveau.* 3. *intermittent.*

4. **ruddy** : *rose, rougeaud, coloré.* En anglais britannique est aussi utilisé comme intensif : **a ruddy fool**, *un fieffé imbécile, un imbécile fini.*

5. **you do have** : *forme d'insistance.*

6. **Aussie**(s) : familier pour **Australian**(s). *Cf.* **The Brits** pour *les Britanniques.*

7. **Gallipoli** : **Dardanelles.** Allusion ici à une offensive anglo-française dans les Dardanelles en 1914-1915 contre les Turc et leurs alliés allemands. L'armée anglaise comportait des contingents du Commonwealth.

— Ah, voilà !

Le petit homme que Mlle Plummer avait désigné comme le commandant Hamilton se propulsa à nouveau en orbite autour de Natalie, un verre plein à la main et un large sourire sur son visage rougeaud.

— Me revoilà, annonça-t-il. Un vrai boomerang, hein ?

Il explosa de rire, puis s'interrompit.

— Dites donc, vous avez vraiment des boomerangs en Australie ? J'ai vu pas mal de vos Australiens à Gallipoli. Bien sûr, c'était il y a quelques temps, avant votre époque si j'ose dire...

— S'il vous plaît, commandant.

L'homme de haute taille sourit à Natalie. Sa présence avait quelque chose de rassurant, et aussi quelque chose de bizarrement familier.

Natalie se demanda où elle avait bien pu le rencontrer. Elle le regarda aller vers le commandant et lui retirer le verre des mains.

— Mais dites donc... bafouilla le commandant.

— Vous avez assez bu, mon vieux. Et il est presque temps que vous partiez.

— Un dernier pour la route.(Le commandant parcourut la salle du regard, agitant les mains d'un air implorant.) Tous les autres boivent !

Il tenta de s'emparer de son verre, mais l'homme de haute taille l'en empêcha. Souriant à Natalie par-dessus son épaule, il prit le commandant à part et se mit à l'entreprendre à voix basse. Le commandant, dans son ivresse, opinait exagérément. Natalie fit du regard le tour de la pièce.

---

8. **before your time** : *avant votre temps, avant votre naissance.*

9. **to sputter** ou **to splutter** : *crachoter; postillonner;* (feu) *crépiter ; bredouiller.*

10. **a lunge** : *un brusque mouvement en avant;* (escrime) *une botte;* même sens pour le verbe **to lunge**.

11. **to mutter** : *marmonner, grommeler, murmurer, maugréer.*

12. **earnestly** : adv. formé sur l'adjectif **earnest** qui signifie *sérieux, sincère, fervent. Cf.* **to be in earnest**, *ne pas plaisanter, être sérieux.*

Nobody was paying the least attention to her except one elderly[1] woman who sat quite alone on a stool[2] before the piano. She regarded Natalie with a fixed stare that made her feel like an intruder on a gala scene. Natalie turned away hastily[3] and again caught sight of the woman in décolletage. She suddenly remembered her own desire to change her clothing and peered at the doorway[4], seeking Miss Plummer. But Miss Plummer was nowhere to be seen[5].

Walking back[6] into the hall, she peered up the staircase.

"Miss Plummer!" she called.

There was no response.

Then from out of the corner of her eye, she noted that the door of the room across the hallway was ajar[7]. In fact, it was opening now, quite rapidly, and as Natalie stared[8], Miss Plummer came backing out of the room, carrying a pair of scissors in her hand. Before Natalie could call out again and attract her attention, Miss Plummer had scurried off[9] in the other direction.

The people here, Natalie told herself, certainly seemed odd. But wasn't that always the case with people at parties[10]? She crossed[11] before the stairs, meaning to follow Miss Plummer, but found herself halting before the open doorway.

She gazed[12] in curiously at what was obviously her uncle's consultation room.

---

1. **elderly** : *âgé, d'un certain âge.* **The elderly**, *les personnes âgées.*

2. **stool** : *tabouret; pliant.* **To fall between two stools**, *se retrouver le bec dans l'eau.*

3. **hastily** : *avec hâte, hâtivement, précipitamment.*

4. **doorway** : *embrasure* (de porte), à distinguer de **doorstep** ou **threshold**, *le seuil.*

5. m. à m. *n'était visible nulle part.*

6. **walking back** : l'anglais est toujours plus précis que le français sur la façon dont s'opère un mouvement, ici « *en marchant* ».

7. **ajar** : *entr'ouvert, entrebâillé.*

Personne ne lui accordait la moindre attention à l'exception d'une femme âgée assise à l'écart sur un tabouret devant le piano. Elle observait Natalie d'un regard fixe qui lui donnait l'impression d'être une intruse sur une scène de gala. Natalie se détourna brusquement et aperçut à nouveau la femme en décolleté.

Elle se souvint soudain de son propre désir de changer de vêtements et lorgna vers l'embrasure, cherchant Mlle Plummer. Mais celle-ci n'était plus là.

Retournant dans le hall, elle sauta l'escalier.

— Mademoiselle Plummer ! appela-t-elle.

Il n'y eut pas de réponse.

Puis elle nota du coin de l'œil que la porte de l'autre côté du hall était entr'ouverte. En fait, elle était en train de s'ouvrir, très vite et, sous les yeux de Natalie, Mlle Plummer sortit de la pièce à reculons, une paire de ciseaux à la main. Avant que Natalie ait pu l'appeler à nouveau pour attirer son attention, Mlle Plummer avait détalé dans l'autre direction.

Les personnes présentes, se dit Natalie, avaient vraiment l'air bizarres. Mais n'en était-il pas toujours ainsi dans ce genre de réunion ?

Elle se détourna de l'escalier avec l'intention de suivre Mlle Plummer, mais se retrouva à l'arrêt devant la porte ouverte. Elle regarda avec curiosité ce qui était manifestement la salle de consultation de son oncle.

---

8. **to stare** : *fixer, regarder fixement, dévisager,* indique *la surprise, l'étonnement.*

9. **to scurry off** : *détaler, se sauver à toutes jambes.*

10. m. à m. *avec les gens dans les fêtes.*

11. **she crossed** : de **to cross**, *traverser.* Indique ici que Natalie change de direction, fait demi-tour pour revenir sur ses pas.

12. **to gaze** : *regarder fixement* (insiste sur l'immobilité et la longueur du regard).

It was a cozy, book-lined[1] study with heavy, leather-covered furniture grouped before the shelves. The psychiatric couch rested[2] in one corner near the wall, and near it was a large mahogany desk. The top of the desk was quite bare save for a cradle[3] telephone, and a thin brown loop[4] snaking out from it.

Something about the loop disturbed Natalie, and before she was conscious of her movement she was inside the room looking down at the desktop and the brown cord[6] from the phone.

And then she realized what had bothered her. The end of the cord had been neatly severed[7] from its connection[8] in the wall.

"Miss Plummer!" Natalie murmured, remembering the pair of scissors she'd seen her holding. *But why would she have cut the phone cord?*

Natalie turned just in time to observe the tall, distinguished-looking man enter the doorway behind her.

"The phone won't be needed," he said as if he'd read her thoughts. "After all, I *did* tell you it was a farewell celebration." And he gave a little chuckle.

Again Natalie sensed[9] something strangely familiar about him, and this time it came to her. She'd heard the same chuckle over the phone, when she'd called from the station.

"You must be playing a joke[10]!" she exclaimed. "You're Dr. Bracegirdle, aren't you?"

---

1. **book-lined**, de **book**, *livre et* **to line**, *doubler* (vêtement), *garnir, tapisser*; *cf.* **the walls were lined with books**, *les murs étaient tapissés de livres.*

2. **to rest** : 1. *se reposer* (*cf.* **to have a rest**, *se reposer*). 2. *rester, demeurer.* 3. *s'appuyer.*

3. **cradle** : *berceau ;* **from the cradle to the grave**, *du berceau à la tombe.*

4. **loop** : *boucle ; méandre.*

5. **snaking** : de **to snake**, *serpenter, onduler* (**a snake**, *un serpent*).

6. **cord** : *cordon, corde, ficelle.*

7. **to sever** : *couper, rompre, sectionner, trancher.* **The severance of diplomatic ties**, *la ruptures des relations diplomatiques.*

C'était un bureau confortable, rempli de livres, avec des meubles épais recouverts de cuir groupés devant les étagères. Le divan du psychiatre était installé dans un coin contre le mur, à côté d'un grand bureau en acajou. La surface du bureau était nue, à l'exception d'un téléphone de bureau et d'une mince boucle de fil brun qui s'en détachait.

Quelque chose dans cette boucle troublait Natalie et, sans prendre conscience de ce qu'elle faisait, elle entra dans la pièce et inspecta le dessus du bureau et le cordon brun du téléphone. Elle réalisa alors ce qui l'avait inquiétée. L'extrémité du cordon avait été soigneusement sectionnée au niveau du branchement sur le mur.

— Mlle Plummer ! murmura Natalie, se souvenant de la paire de ciseaux qu'elle lui avait vue à la main. *Mais pourquoi aurait-elle coupé le cordon du téléphone ?*

Natalie se retourna juste à temps pour voir l'homme distingué de haute taille franchir le seuil derrière elle.

— Il n'y aura pas besoin du téléphone, dit-il, comme s'il avait lu dans ses pensées. Après tout, je vous ai bien dit qu'il s'agissait d'une cérémonie d'adieu.

Et il émit un petit gloussement. Natalie eut à nouveau l'impression qu'il lui était étrangement familier, et cette fois elle sut pourquoi. Elle avait entendu le même gloussement au téléphone quand elle avait appelé depuis la gare.

— Mais vous vous moquez de moi ! s'exclama-t-elle. Vous êtes le docteur Bracegirdle, n'est-ce pas ?

---

8. **connection** : 1. *lien, rapport*. 2. *relation* (d'affaires, etc.). 3. *branchement, raccordement*.

9. **to sense** : *sentir intuitivement, pressentir, détecter*.

10. **to play a joke** : *jouer un tour, faire une plaisanterie*. **You must be playing a joke**, mot à mot *vous devez être entrain de me jouer un tour, de vous payez ma tête*.

"No, my dear." He shook his head as he moved past her across the room. "It's just that no one expected you. We were about to leave when your call came. So we had to say *something*."

There was a moment[1] of silence. Then, "Where *is* my uncle?" Natalie asked at last.

"Over here."

Natalie found herself standing beside the tall man, gazing down at what lay[2] in a space between the couch and the wall. An instant was all she could bear[3].

"Messy[4]," the tall man nodded. "Of course it was all so sudden, the opportunity, I mean. And then they *would* get into the liquor –"

His voice echoed hollowly[5] in the room, and Natalie realized the sounds of the party had died away[6]. She glanced up to see them all standing there in the doorway, watching.

Then their ranks parted[7] and Miss Plummer came quickly into the room, wearing an incongruous fur wrap[8] over the rumpled, ill-fitted uniform.

"Oh, my!" she gasped[9]. "So you found him!"

Natalie nodded and took a step forward. "You've got to do something[10]," she said. "Please!"

---

1. **moment** : en anglais ce mot qui peut bien sûr signifier *moment* désigne en général une durée plus brève que son homologue français, et peut signifier comme ici *instant*.

2. **to lie, lay, lain** : 1. *s'allonger, s'étendre*. 2. *se trouver, être, être situé*. 3. *reposer ;* **here lies...** *ci-gît...*

3. **to bear, bore, borne** : 1. *porter*. 2. *supporter*.

4. **messy** : 1. *sale*. 2. *en désordre*. 3. *compliqué, embrouillé*. *Cf.* le nom **mess**, *pagaïe, désordre, gâchis ;* **to make a mess of something** : 1. *salir, saccager*. 2. *gâcher, bousiller*.

5. **hollowly** : de l'adjectif **hollow**, *creux*.

— Non, ma chère. (Il secoua la tête en passant devant elle pour avancer dans la pièce.) C'est juste que personne ne vous attendait. Nous allions partir quand vous êtes arrivée. Alors il fallait bien dire quelque chose.

Il y eut un instant de silence. Puis Natalie demanda enfin :

— Où est mon oncle ?

— Là-bas.

Natalie se retourna, debout au côté de l'homme de haute taille, fixant ce qui gisait entre le divan et le mur. Elle ne put le supporter qu'un instant.

— Dégoûtant, dit l'homme en hochant la tête. Bien sûr, ça a été si soudain : l'occasion, je veux dire. Et puis il a fallu qu'ils se mettent à boire...

Sa voix résonnait dans le vide de la pièce, et Natalie réalisa que les bruits de la fête s'étaient éteints. Elle leva les yeux pour les voir tous se tenir sur le pas de la porte, en train d'observer.

Leurs rangs s'ouvrirent et Mlle Plummer entra rapidement dans la pièce, une étole de fourrure recouvrant de façon incongrue son uniforme froissé et mal ajusté.

— Oh, mon Dieu ! suffoqua-t-elle. Vous l'avez donc trouvé !

Natalie acquiesça et fit un pas en avant.

— Il faut faire quelque chose, dit-elle. Je vous en prie !

---

6. **to die away** : (son) *s'éteindre,* (vent, etc.) *tomber, se calmer.*

7. **to part** : *séparer, se séparer, se quitter.* **To part one's hair**, *se faire une raie,*

To part company with someone, *se séparer de quelqu'un ;*

To part the crowd, *s'ouvrir un passage dans la foule.*

8. **wrap** : *châle, écharpe, pèlerine, peignoir. Cf.* **to wrap**, *envelopper.*

9. **to gasp** : *haleter, suffoques, avoir le soufflé coupé.*

10. m. à m. *vous devez faire quelque chose.*

"Of course you didn't see the others," Miss Plummer said, "since they're upstairs. The Doctor's staff. Gruesome[1] sight."

The men and women had crowded[2] into the room behind Miss Plummer, staring silently.

Natalie turned to them in appeal. "Why[3], it's the work of a madman!" she cried. "He belongs[4] in an asylum!"

"My dear child," murmured Miss Plummer as she quickly closed and locked the door and the silent starers moved forward. "This *is* an asylum..."

---

1. **gruesome** : *horrible, épouvantable, qui provoque la terreur et le dégout.*

2. **to crowd** : *s'entasser, se serrer, se presser, s'attrouper ; encombrer ; bousculer.*

3. **why** : exprime *l'étonnement.* Dans un autre contexte, pourrait être traduit par « *tiens !* ».

4. **to belong** : *appartenir, faire partie de, avoir sa place* (*dans,* **in**).

— Bien sûr, vous n'avez pas vu les autres, dit Mlle Plummer, puisqu'ils sont là-haut. Le personnel du docteur. Horrible spectacle.

Les hommes et les femmes avaient envahi la pièce derrière Mlle Plummer, silencieux et le regard fixe.

Natalie se retourna vers eux d'un air implorant.

— Mais c'est l'œuvre d'un fou ! s'écria-t-elle. Il devrait être à l'asile !

— Ma chère enfant, murmura Mlle Plummer en fermant rapidement la porte à clé, alors que le groupe silencieux aux yeux fixes avançait. Mais nous *sommes* dans un asile...

Biographie et filmographie d'Alfred Hitchcock

- Né le 13 août 1899 à Londres.
- Études chez les jésuites, puis dans une école d'ingénieurs.
- Suit des cours du soir et devient dessinateur de maquettes d'affiches dans une agence de publicité.
- Dessinateur d'annonces publicitaire à la Compagnie télégraphique W.T. Henley.
- 1920 : chef de la section « Titrage » de la Famous-Players-Lasky, filiale de la Paramount à Londres.
- 1922 : aide à terminer un film en l'absence du metteur en scène initial.
- 1922-1925 : participe pour une nouvelle compagnie de production à la direction artistique et à la mise en scène de plusieurs films (***Woman to Woman, The Prude's Fall, The White Shadow, The Passionate Adventure, The Blackguard***).
- 1925-1926 : metteur en scène de deux films : ***The Pleasure Garden, The Mountain Eagle.***

1926-1939 : LA PÉRIODE ANGLAISE (sélection)

Films muets

1926 ***The Lodger*** (*Les Cheveux d'or*), considéré par Hitchcock comme son véritable premier film
1927 ***The Ring*** (*Le Masque de cuir*)
1928 ***The Farmer's Wife*** (*Laquelle des trois*)
1929 ***The Manxman***

Films parlants

1929 ***Blackmail*** (*Chantage*)
1930 ***Murder*** (*Meurtres*)
1932 ***Rich and Strange*** (*A l'est de Shanghai*)
1934 ***The man who knew too much*** (*L'homme qui en savait trop*)
1935 ***The Thirty-Nine Steps*** (*Les trente-neuf marches*)
1936 ***The Secret Agent*** (*Agent secret*)
1936 ***Sabotage*** (*Quatre de l'espionnage*)
1937 ***Young and Innocent*** (*Jeune et innocent*)
1938 ***The Lady Vanishes*** (*Une femme disparaît*)
1939 ***Jamaica Inn*** (*La taverne de la Jamaïque*)

1940 ***Rebecca***
1940 ***Foreign Correspondent*** (*Correspondant 17*)
1941 ***Mr. and Mrs. Smith*** (*Joies matrimoniales*)
Suspicion (*Soupçons*)
1942 ***Saboteur*** (*Cinquièùe colonne*)
1943 ***Shadow of a Doubt*** (*L'ombre d'un doute*) ; ***Lifeboat***
1945 ***Spellbound*** (*La maison du docteur Edwards*)
1946 ***Notorious*** (*Les enchaînés*)
1947 ***The Paradine Case*** (*Le procès Paradine*)
1948 ***Rope*** (*La corde*)
1949 ***Under Capricorn*** (*Les amants du Capricorne*)
1950 ***Stage Fright*** (*le grand alibi*)
1951 ***Strangers on a Train*** (*L'inconnu du Nord-Express*)
1952 ***I confess*** (*La loi du silence*)
1953 ***Dial M for Murder*** (*Le crime était presque parfait*)
1954 ***Rear Window*** (*Fenêtre sur cour*)
1955 ***To Catch a Thief*** (*La main au collet*)
The Trouble with Harry (*Mais qui à tué Harry ?*)

De 1955 à 1962, Hitchcock tourne vingt courts métrages pour la télévision.

1956 ***The Man who Knew too Much*** (*L'homme qui en savait trop*), **remake** de la version de 1934
The Wrong Man (*Le faux coupable*)
1958 ***Vertigo*** (*Sueurs froides*)
1959 ***North by Northwest*** (*La mort aux trousses*)
1960 ***Psycho*** (*Psychose*)
1963 ***The Birds*** (*Les oiseaux*)
1964 ***Marnie*** (*Pas de printemps pour Marnie*)
1966 ***Torn Curtain*** (*Le rideau déchiré*)
1969 ***Topaz*** (*L'étau*)
1972 ***Frenzy***
1976 ***Family Plot*** (*Complot de famille*)

Alfred Hitchcock s'éteint à Los Angeles le 9 avril 1980, à l'âge de 80 ans.

Cet ouvrage a été composé par Peter Vogelpoel et Déclinaisons

Imprimé en France par

CPI
BRODARD & TAUPIN

à La Flèche (Sarthe)
en février 2011

POCKET – 12, avenue d'Italie - 75627 Paris cedex 13

N° d'impression : 62776
Dépôt légal : mars 2011
S21554/01